物理
PHYSICS
Re:ゼロ
Re: Life in a different world from zero
から始める異世界生活
Re:zeropedia 2

エミリア
Emilia

ナツキ・スバル
Subaru Natsuki
ベアトリス
Beatrice

ガーフィール・ティンゼル
Garfiel Tinsel
リューズ
Ryuzu

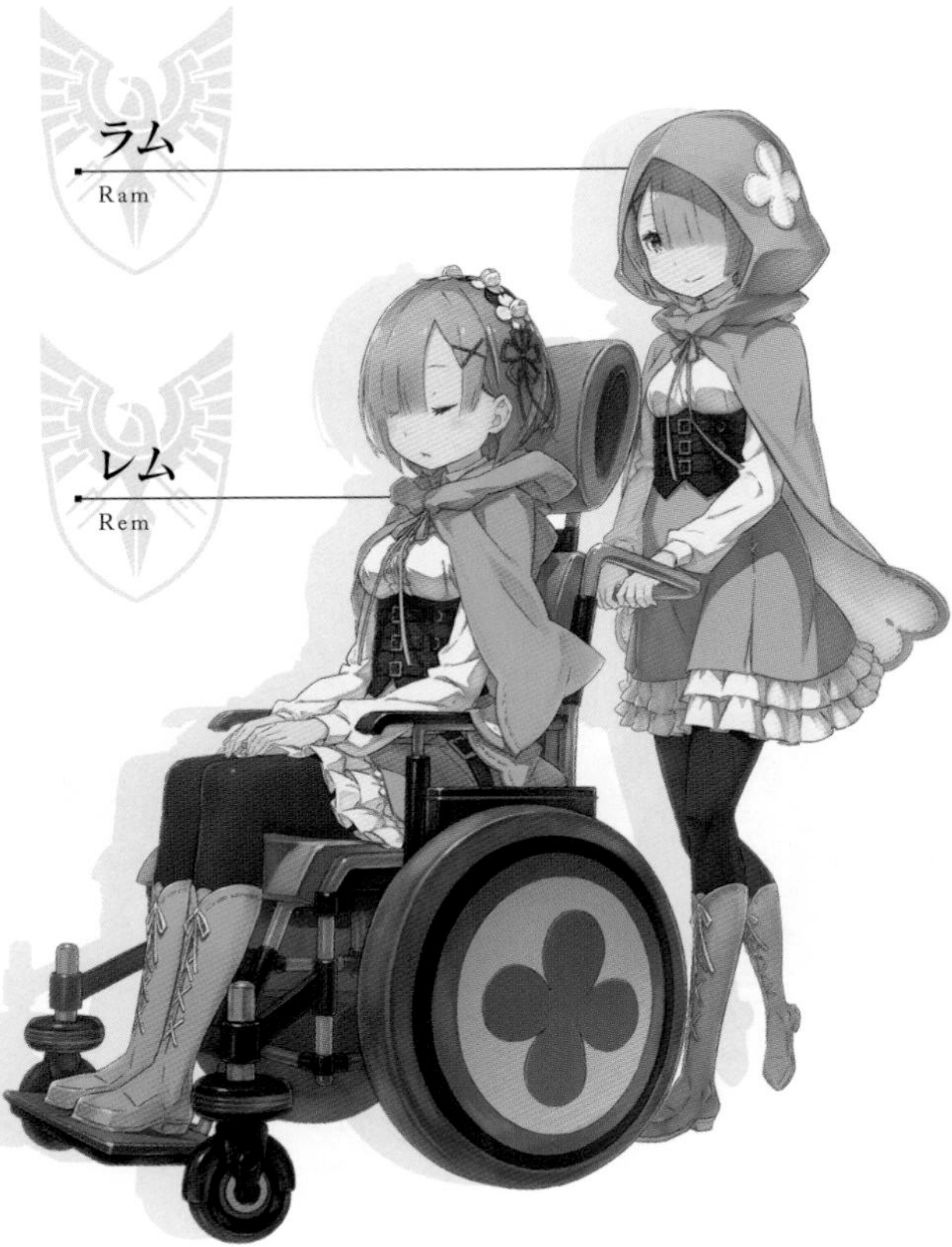
ラム
Ram
レム
Rem

フレデリカ・バウマン
Frederica Baumann

ペトラ・レイテ
Petra Leyte

ハインケル・
アストレア
Heinkel Astrea
ヨシュア・ユークリウス
Joshua Juukulius

エキドナ

Echidna

ミネルヴァ
Minerva

ダフネ
Daphne

テュフォン
Typhon

セクメト

Sekhmet

カーミラ
Carmilla

パンドラ
Pandora

レグルス・コルニアス

Regulus Corneus

シリウス・ロマネコンティ

Sirius Romaneeconti

カペラ・エメラダ・ルグニカ

Capella Emerada Lugunica

ルイ・アルネブ

Rui Arneb

フォルトナ

Fortuna

エミリア(幼少期)

Emilia

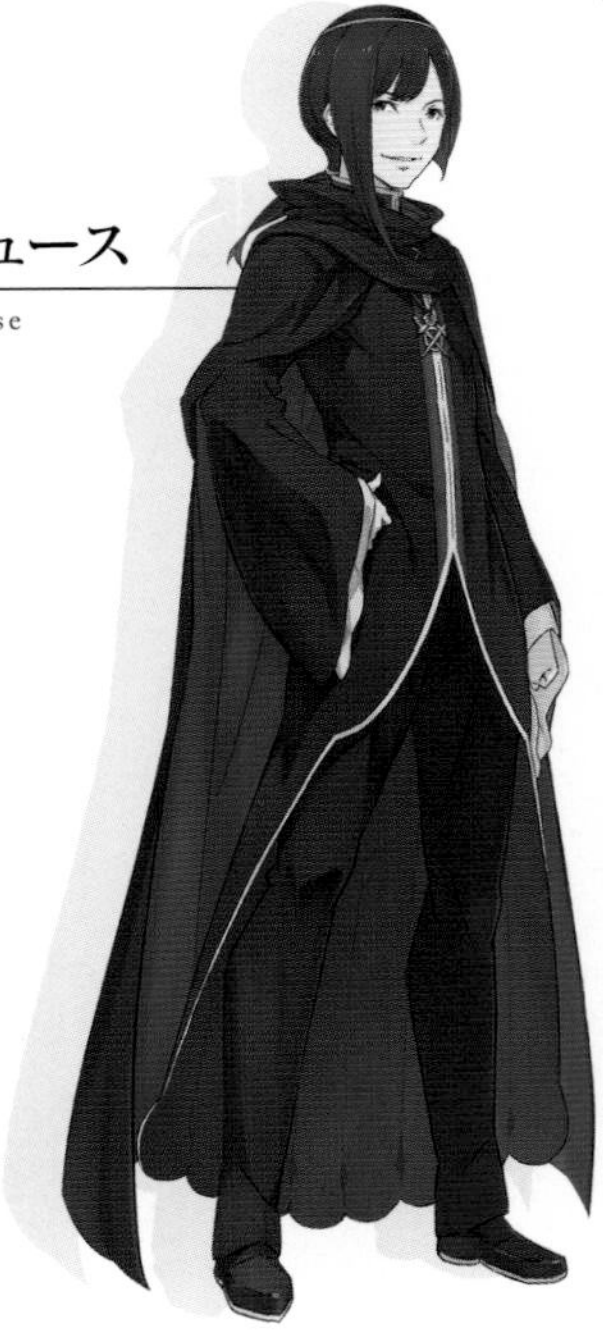

ジュース
Geuse

アーチ
Archi

テレシア・ヴァン・アストレア

Theresia Van Astrea

クルガン

Kurgan

リリアナ・マスカレード

Liliana Masquerade

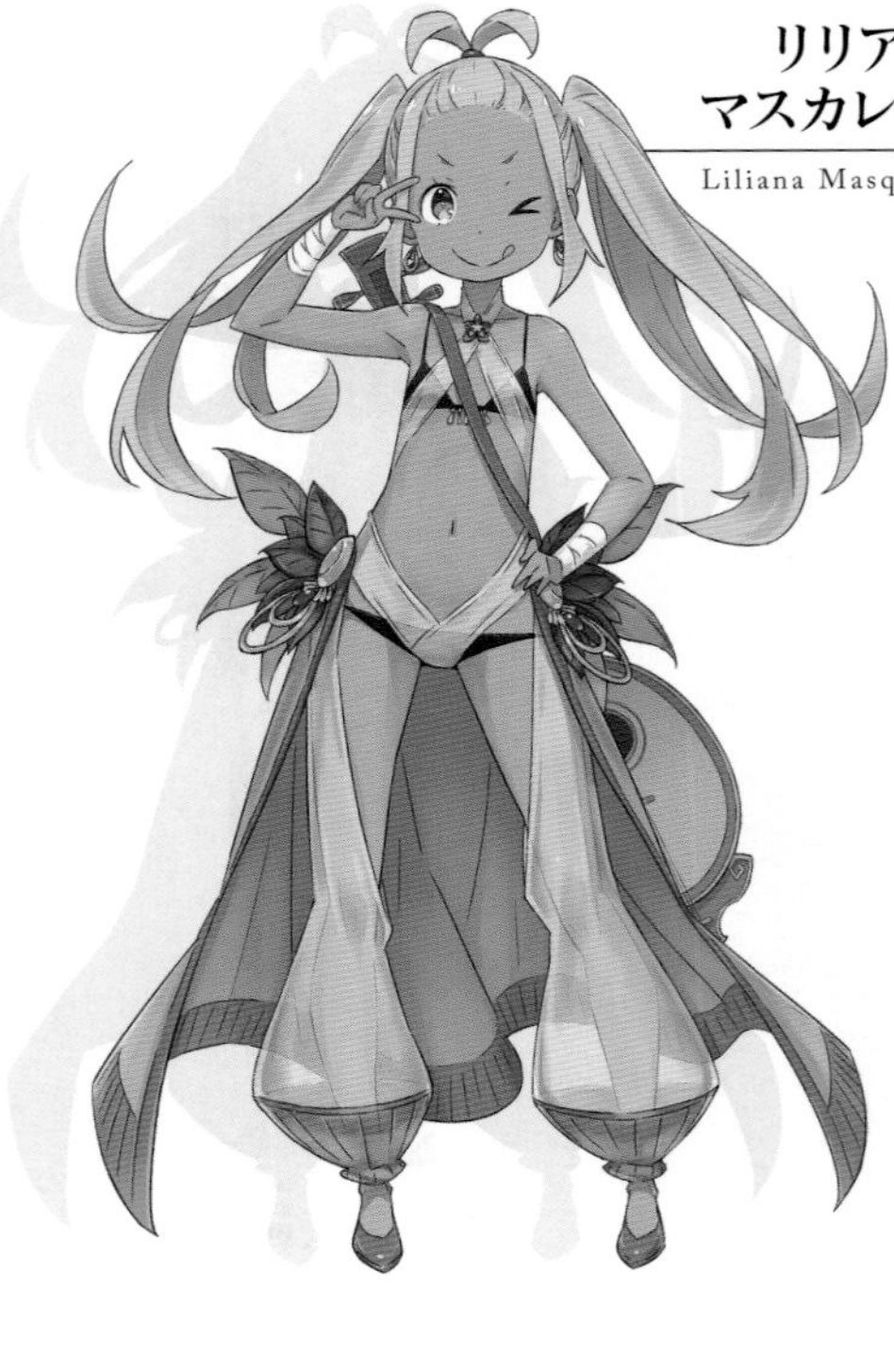

シャウラ
Shaula
メイリィ・
ポートルート
Meili Portroute

レイド・アストレア
Reid Astrea

Re:ゼロから始める異世界生活
Re:zeropedia 2

原作：長月達平

MF文庫J

Re:Life in a different world from zero Re:zeropedia 2

CONTENTS

Re:Life in a different world from zero Re:zeropedia 2
Chapter One , Character Profile

第一部
人物紹介

王選が進むにつれて成長するスバルたちと、生まれる新たな関係性。各王選陣営や大罪の魔女、大罪司教、三英傑に吟遊詩人。スバルたちの出会った人々を一挙に紹介する。

Prologue
理不尽な『死』をねじ伏せ、
ついにエミリアと再会したスバル。
だが、運命はスバルに安寧を許さない。
眠りについたレム。
目を背けていた過去。
幾重にも連なる絶望が、
果てなき悪意が立ちはだかる。
──『死』行錯誤を重ね続け、
それでもスバルは歩み続ける。
異世界で出会った大切な人たちのために。

Emilia Party

エミリア陣営

「――ただ、
公平であることを」

エミリア陣営

エミリアの一の騎士／『幼女使い』

ナツキ・スバル

俺の名前は、ナツキ・スバル。
エミリア。――君だけの、騎士だ

年齢：17→18歳（五章時点）
身長：172cm
体重：66kg
特技：裁縫・刺繍・弾き語り・似顔絵・ベッドメイク・粘土細工・習字・日曜大工・手品・折り紙・あやとり・オセロ・パズル・IQテスト etc
趣味：生活の役に立たない技能の習得

Subaru Natsuki

異世界に召喚された引きこもりの高校生。死ぬことで過去へと戻る『死に戻り』を駆使して過酷な運命に抗ってきた。情に厚く物怖じしない性格で、それが負の結果をもたらすこともあったが、レムの支えで自身を省みる。幾重もの困難にも諦めず立ち向かう姿が周囲の人物との信頼を築き、『聖域』での戦いを経て正式にエミリアの一の騎士へ。現在も彼女を王にするべく奮闘し続けている。

Personality

過去

引きこもりだった自分との決別

『聖域』での『試練』で自身の過去と向き合い、尊敬する父・賢一と敬愛する母・菜穂子と対話する。父と母、それぞれと話す中で気持ちに整理をつけたスバルは、異世界で出会った大切な人たちと共に生きると決意。かつて言いそびれていた「いってきます!!」を母に告げたスバルは、引きこもっていた過去と決着をつけた。

権能

倒した大罪司教の魔女因子を取り込み権能が発現

ペテルギウスを打倒し『怠惰』の魔女因子を継承したことで、『見えざる手』こと『インビジブル・プロヴィデンス』が使用可能となった。レグルスを倒し『強欲』の魔女因子を継ぐと、仲間の位置を把握し負担を肩代わりする『コル・レオニス』を獲得。いずれもリスクは未知数だが、死線をくぐり抜けるために活用している。

エミリア陣営

『氷結の魔女』エミリア

きっと、これが私の理想の光景だわ。
私、忘れないから

年齢：	秘密
身長：	164cm
体重：	羽のよう
特技：	料理（自称）・お絵描き（自称）・歌（抹消）・速読（ただし物語に感情移入して止まる）・字が綺麗・石積み（時間潰し）
趣味：	パックの毛繕い・勉強

ルグニカ王国の次期王候補の一人で、銀髪に紫紺の瞳を持つ美少女。かつて世界を滅ぼしかけた『嫉妬の魔女』と同じハーフエルフのため周囲から恐れられているが、その実態は温厚で心優しいお人好し。高位の精霊術師であり戦闘力も高い。『聖域』での『試練』で過去と向き合い、精神的にぐっと成長。身分も種族も区分のない平穏な景色の実現を目指し、日々勉学に勤しんでいる。

Personality

過去
幼い頃にエリオール大森林で母と暮らした幸福な日々

叔母で育ての母のフォルトナやアーチらと幸せな日々を過ごしていたエミリア。時々、フォルトナとの約束で『お姫様部屋』に籠もる日があった——魔女教司教のジュースが訪れる日だ。好奇心から部屋を出たエミリアは、ジュースと遭遇。以来、ジュースと親しくなり生活が充実。彼により精霊術師としての才を見出された。

戦闘
スバルと編み出した戦闘技法『アイスブランド・アーツ』

氷であらゆる武具・道具を作り出し、それらを自在に操って戦う氷の戦法。命名したのはスバル。エミリア自身の膨大なマナの貯蔵量を活かし、壊れることを前提に高速錬成し攻撃を続けて敵を追い詰める。スバルが知る武器や道具のイメージを共有したおかげで、剣からスケート靴まで、錬成できる武具・道具は幅広い。

エミリア陣営

永久凍土の『終焉の獣』

パック

あの子が守りたいものを
守れなくなっちゃ本末転倒だ

年齢：	420→421歳（五章時点）
身長：	9cm（可変）
体重：	5グラム（魂程度）

エミリアの契約精霊であった、火のマナを司る四大精霊の一角『終焉の獣』。エミリアを娘と呼び、深い愛情を注ぐ。ロズワールの策略で一時的に行動を封じられていたが、スバルを信じてエミリアとの契約を解くことで、彼女の記憶を解放。契約解除後もエミリアのため『聖域』各所での戦いに力を貸した。現在はマナを激しく消耗し、輝石の中で深い眠りに落ちている。

エミリア陣営

ツノナシの『鬼神』

ラム

Ram

魔女の妄執より、
あなたを奪いに参りました

年齢：	17→18歳（五章時点）
身長：	154cm
体重：	膝に乗せても重くない

ロズワール邸のメイド。レムの双子の姉であり、記憶を失った今も彼女を寵愛する『千里眼』の使い手。愛するロズワールを四百年の妄執から奪うため『叡智の書』を焼失させた。鬼族の『神童』だったが戦闘を求める本能を嫌悪し、角が折れ力を失ったことに安堵していた。だがライとの戦闘中にロズワールの思惑を悟ると『共感覚』でレムの角の力を引き出し『鬼神』の天稟を発揮する。

エミリア陣営

レム

ナツキ・スバルの介添え人

Rem

R e m

――あなたは、だれ、ですか？

年齢：17→18歳（五章時点）
身長：154cm
体重：鉄球より軽いように思える
特技：料理・洗濯・掃除・裁縫
趣味：演劇鑑賞・詩文

ロズワール邸でメイド頭を任されていた少女。姉・ラムへの負い目から解放してくれたスバルに信頼を寄せ英雄視している。白鯨戦の後、ライに『名前』と『記憶』を喰われ、スバル以外の人たちから忘却された。しかしラムとの『共感覚』は維持されており、プレアデス監視塔でライと戦ったラムにマナを送り続けた。その後スバルと共に転移した先で目覚めるも、記憶は失われており……。

エミリア陣営

パトラッシュ

Patrasche

性別：雌

白鯨討伐後に報酬としてクルシュから貰い受けたスバルの愛竜。どんな環境でも十全に力を発揮できる最良種・ダイアナ種の地竜。スバルの考えをすぐに察して動いてくれる優秀な相棒。

エミリア陣営

フルフー

Frufoo

性別：雌

オットーが実家にいた頃から一緒にいる地竜で、三日間走り続ける体力がある。オットーを『坊ちゃん』と慕っている。オットーにとって、故郷を追放された際も傍にいてくれた愛竜で心の拠り所。

エミリア陣営

ヨーゼフ

Joseph

プレアデス監視塔へ向かう際、アウグリア砂丘越えの最終兵器として現地で調達した地竜。砂風や砂丘など乾いた環境に適応したガイラス種。種族的には大型だが、気性はとても穏やかで扱いやすい。

エミリア陣営

ナツキ・スバルの契約精霊

ベアトリス

スバルをベティーの一番にしたいから、
禁書庫を出てきたかしら

年齢：見た目は11、2歳相当
身長：130cm
体重：広辞苑よりは重い

Beatrice

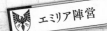

ロズワール邸の禁書庫で司書をしていた少女。エキドナに作られた人工精霊で、彼女を『お母様』と慕う。四百年前にエキドナから禁書庫の司書に任命され、禁書庫の知識を継ぐのに相応しい『その人』を待ち続けていた。だが、スバルと契約し禁書庫を飛び出し、数多の困難をくぐり抜ける相棒となる。契約後、ツンツンした態度が一変。スバルに対して心を開きデレデレ状態になる。

Personality

戦い

『その人』ではないスバルとの契約と初陣

『その人』ではないと断言した上で「俺を選べ」と想いを告げたスバルの手を取り、スバルと契約して禁書庫を出た。大兎戦ではそれまで溜め込んでいたマナを全て注ぎ込んでシャマク系最大の魔法アル・シャマクを放ち、エミリアが作った氷の檻に閉じ込めた全ての大兎を、隔絶された別次元に吹き飛ばし勝利した。

能力

人工精霊ベアトリスの能力と欠点!?

最上級の陰魔法の使い手であり、スバルと編み出したオリジナル魔法はいずれも強力な効果を有する。しかし契約者を独占してしまうためスバルは他の精霊と契約できず、ベアトリスは契約者以外からのマナ供給は基本的に受けられない。現在はスバルと一緒に寝るなどして、枯渇したマナを日々少しずつ溜めている。

エミリア陣営

筆頭宮廷魔導師にして辺境伯

ロズワール・L・メイザース

Roswaal L Mathers

君と、私は似た者同士だ。
想い人に、理想を強要するという意味でね

年齢：不詳
身長：186cm
体重：60kg台

六属性に適性を持つルグニカ王国の筆頭宮廷魔導師であり、王選におけるエミリアの後見人を務める辺境伯。未来が書かれた『叡智の書』を所持しており、その記述に従いスバルに試練を越えさせようと『腸狩り』のエルザを雇い、エミリアの徽章盗難やアーラム村の事件、屋敷の襲撃をも図った黒幕。『叡智の書』から、スバルが何らかの形で『やり直し』をしていることを知っていた。

Personality

誓約
スバルとの賭けに負けたロズワールのけじめ

スバルが『聖域』とロズワール邸を両方救うことができたら、今後スバルに協力すると約束。その賭けに敗北した証として、自らの身体に『スバルたちを裏切ると業火に焼かれてしまう』という誓約の呪印を刻む。協力的にこそなったものの、今もエミリアを除く陣営の面々には底知れない相手として警戒されている。

悲願
四百年前より己の魂を保ち続けるロズワール

エキドナの弟子である初代ロズワールは、エキドナ亡き後、彼女を生き返らせるために奔走した。一代では達成できないと悟り、エキドナの探求した不老不死理論を再考。魂と器の親和性が高い自らの子孫に魂を移すことで『魂の転写』を実現し、現在まで生きながらえてきた。全ては、悲願である「先生との再会」のために。

エミリア陣営

エミリア陣営の内政官

オットー・スーウェン

Otto Suwen

商人との商談は最後まで聞くものですよ。
──絶対に、切り札があるから

年齢：20→21歳（五章時点）

身長：177cm

スバルが魔女教との一件で力を借りた商人。商才と不運に恵まれた男。『聖域』の一件でスバルに味方し、そのままなし崩し的にエミリア陣営の内政官となった。ピックタットの商家の次男で、弟・レギンと兄・オスローがいる。『言霊の加護』を持ち、全ての生き物と会話できるが、その力を見せるためゾッダ虫を呼び寄せたことで、周囲からゾッダ虫野郎と気味悪がられた過去を持つ。

Personality

能力

武闘派内政官 オットー・スーウェン

なりゆきでエミリア陣営の内政官になったものの、その仕事ぶりは優秀かつ真面目。休みをもらってもその間に溜まっていく仕事のことを考えてしまい、満足に休息できない。また魔法や『言霊の加護』を駆使した小技、機転の利く頭脳である程度戦えてしまうこともあり、スバルからは『武闘派内政官』と呼ばれている。

関係

スバルとガーフィールとの三馬鹿の友情

利害の一致でスバルと行動をともにしていたが、『聖域』でスバルが袋小路に立たされた際には友人として勝算度外視で力を貸した。ガーフィールとは一度ガチンコで戦ったことから仲間となった後しばらく一定の距離を保っていたが、スバルを含めた三人でいくつかの事件を経て友情を育み、今では強い絆で結ばれている。

エミリア陣営
『ゴージャス・タイガー』
ガーフィール・ティンゼル
俺様ァ、ガーフィール。
世界最強の男だ
Garfiel Tinsel
年齢：14→15歳
（五章時点）
身長：160cm

『聖域』の守り手を自称する、フレデリカの父親違いの弟。現在はエミリア陣営の武官を務める。口調は乱暴、短気で短絡的な性格だが、リューズを婆ちゃんと慕い、故事やことわざを好んで使う少年らしい面も。強くて優秀なラムに恋愛感情を抱いている。亜人の血を引いており、戦闘時には両腕に盾を嵌めての攻守一体の近接戦を得意とする他、巨大な虎に獣化することも可能。

Personality

戦い

『地霊の加護』の能力を活かした戦法

『地霊の加護』は両足で踏みつけた大地から力をもらい、回復力を高め、手足の届く範囲の地面を隆起・陥没させることが可能。エルザとの戦いにおいては、獣化し『地霊の加護』を最大限解放して優勢に立つ。さらに、エルザが『吸血鬼』だと見抜き、再生力の限界まで追い詰め、魔獣の岩豚を投げつけることで彼女に引導を渡した。

想い

ガーフィールの中で大きくなっていくミミの存在

ガーフィールに惚れ、付きまとうようになったミミ。彼女を鬱陶しく思っていたが、死んだと思っていた母が記憶喪失で生きていたことを知り呆然となったガーフィールを支え、エルザを殺した罪悪感から彼女の幻覚に苦しんでいたときにもミミは寄り添い続けた。今ではガーフィールにとって、大切な存在になっている。

エミリア陣営

ロズワール邸のメイド長

フレデリカ・バウマン

Frederica Baumann

当家の使用人は助け合い補い合い、
それがモットーですのよ！

年齢：21→22歳
（五章時点）

身長：180cm

ロズワール邸のベテランメイドであり、完璧な家事技能を備えている。ガーフィールの父親違いの姉。人と亜人両方の血を引くが亜人の血は薄く、『聖域』を自由に出入りできる。獣化すると巨大な猫科の肉食獣になる。部分獣化も可能で、両腕を獣の脚に変化させられる。笑顔になると見える牙がコンプレックス。ホロゥが苦手で、小さいものが好きなど可愛らしい一面もある。

Personality

能力

ロズワール邸を仕切る万能メイド

使用人の中でも古株で、ラムに呼び戻されるまではクリンドと共にアンネローゼに仕えていた。現在はレムに代わって使用人頭を務めており、屋敷の家事及び取り仕切りはもちろん、他のメイドのフォローや教育も行う。ペトラが「ラム姉様」など、先輩に対して「姉様」をつけて呼ぶのはフレデリカの教育の賜物（？）。

目的

フレデリカが聖域を出た理由とは？

『聖域』は謂れのない差別を受け、居場所を失くした亜人たちの拠り所である。しかしフレデリカは、いずれ『聖域』の結界は解かれると確信。結界が解かれてしまうと何をしていいかわからない人が出ると考え、聖域の代わりとなる居場所を作るため、ロズワールと誓約を結び、メイドとして働きながら彼の指示に忠実に従っている。

エミリア陣営

ロズワール邸の新米メイド

ペトラ・レイテ

スバル様もちゃんと、
大人として扱ってください

年齢：12→13歳
（五章時点）

身長：140cm

Petra Leyte

ロズワール邸の新米メイド。スバルと親しくしていたアーラム村の子供たちの一人であり、スバルに好意を寄せている。『聖域』に向かうスバルに恋のお守りとして白いハンカチを贈るなど、抜け目がない。メイドの適性が非常に高く、すぐにラムよりも仕事の腕前が上達。屋敷と村を襲撃させた犯人であるロズワールを許していないが、メイドを続け、彼に魔法について師事している。

Personality

性格
屋敷を襲ったメィリィとも渡り合うしたたかさ

ロズワール邸が襲撃された際、ペトラはメィリィの力を目の当たりにした。にも拘わらず、捕らえられたメィリィが敵か味方かわからない状況でも、臆することなく「わたしのことを好きにならせてあげる。そうしたら裏切れなくなるでしょ」と言い放ち、捕らわれのメィリィとも親しく交流する。心の強さは大人たちも顔負け。

想い
胸に秘めているスバルへの恋心

スバルに振り向いてもらおうとアピールを欠かさないペトラ。その想いはスバルに届かず、メィリィからは同情の眼差しを送られている。スバルがプレアデス監視塔へ向かう際は、彼の身を案じて引き止めるが失敗。レムのために危険に身を投じるスバルの決心を聞き、それでも彼に恋心を抱く自分に呆れつつ、旅立ちを見送った。

エミリア陣営
『聖域』の代表者
リューズ
複製体と『聖域』を管理するために、
知識と人格を与えられた
Ryuzu
身長：135cm
Ryuzu

『聖域』の代表者。エキドナが『聖域』を守るために作った魔水晶から誕生したリューズ・メイエルの複製体であり、アルマ、ビルマ、シーマ、デルマの四体は知識と人格を与えられ、増え続ける複製体を管理していた。見た目は十代前半の童女だが精神は数百年の時を生きて老成しており、ガーフィールらからは祖母として慕われている。スバルをからかうなどお茶目な一面も。

Personality

過去

『聖域』の核となったオリジナルのリューズ

複製体のオリジナルとなった少女がリューズ・メイエル。四百年前、まだ結界のない『聖域』で平穏な日々を過ごし、特にベアトリスとは親しい関係にあった。亜人として疎まれていた自身を受け入れるエキドナや初代ロズワールたちに恩義を感じ、ヘクトールの襲撃の際に自ら申し出て、『聖域』を守る結界の核となった。

人物

『聖域』の管理を担う四体で一人のリューズ

四体の管理者は長い時間を過ごすうち、それぞれ個性を確立。しかし複製体は体がマナで構成されているため長時間活動できず、四体で交代して管理者を演じていた。だがシーマは十数年前にガーフィールを救うため、エキドナとの誓約を破り墓所へ侵入。『試練』でオリジナルの記憶を見た後、管理者の任から外れてしまった。

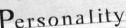

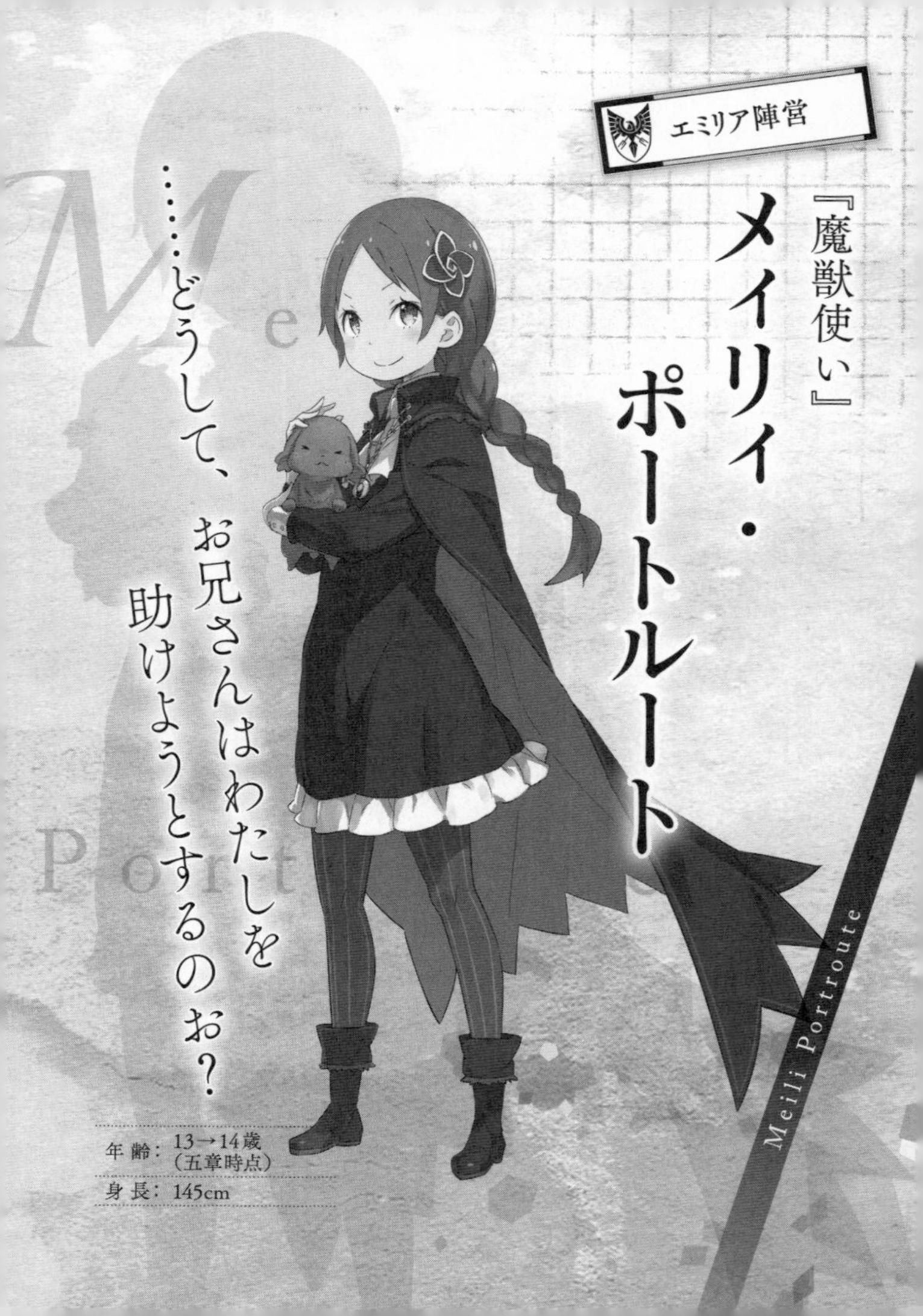
エミリア陣営
『魔獣使い』
メイリィ・ポートルート
……どうして、
お兄さんはわたしを
助けようとするのお？
Meili Portroute
年齢：13→14歳（五章時点）
身長：145cm

アーラム村やロズワール邸を襲撃した魔獣使い。生まれつき『魔操の加護』を持っていたせいで両親に捨てられ、魔獣に育てられていた。のちにエルザに連れられ、『母』と呼ばれる者の下で暗殺の仕事に従事。エルザとは姉妹のように育ち、口調や服装、仕事のやり方などを真似している。メィリィと最初に呼んだのもエルザであり、彼女の存在はメィリィの人生の一部に等しい。

Personality

性格

座敷牢でお人形さん遊び

暗殺依頼に失敗したメィリィは、ママに見つかったら殺されるからと、望んでロズワール邸の座敷牢へ軟禁されていた。部屋には暇つぶしのための本や遊具、スバルの手作りぬいぐるみなどが取り揃えられている。特にぬいぐるみがお気に入りで、一人で何役も使い分けてお人形さんごっこに興じるなど、子供らしい一面を持つ。

加護

魔獣を従えることのできる『魔操の加護』

一度に百体もの魔獣を操れる凶悪な加護。全ての魔獣には角が生えており、角を折られた場合のみ折った相手に従うという性質がある。メィリィの『魔操の加護』は『母』曰く角と同じ役割を果たすので、角を折らずとも魔獣に言うことを聞かせられるらしい。アウグリア砂丘攻略の鍵となった。

エミリア陣営

アンネローゼ・ミロード

Annerose Milord

年齢：9→10歳（五章時点）
身長：135cm

ロズワールの遠縁に当たるミロード家の当主。十歳ほどの少女だが、年齢不相応に成熟した貴族意識を持っており、家令のクリンドの補佐を受けながらではあるが、当主として不足のない采配を振っている。エミリアとは「エミリー」「アンネ」と呼び合う仲であり、エミリアにキスすると子供が出来ると教えた張本人。

エミリア陣営

クリンド

Clind

年齢：？
身長：178cm

ミロード家で家令をしている青年。以前はメイザース家に仕えていた万能執事。スバルに鍛錬の仕方や鞭の扱いなどを指導しており、師匠と呼び慕われている。尊敬に値する人物だが、幼い少年少女に特異な反応を示す。精神の未熟さを重視するタイプで、ベアトリスやエミリアには反応するが、リューズは守備範囲外。

Felt Party

フェルト陣営

「全部ぶっ壊して
やろうと思ってる」

フェルト陣営

フェルト

王族の血筋（未確認）

Felt

アタシの主人はアタシだ。
アタシのことは、
アタシが決める

年齢：	14→15歳（五章時点）
身長：	150cm
体重：	猫みたいに軽い
特技：	スリ・逃げ足・利きミルク（古い新しいがわかる）
趣味：	貧民街脱出計画（資金を貯めて掃溜めを出る計画・現在中断）

ルグニカ王国の次期王候補の一人。金髪に赤い瞳というルグニカ王族特有の容姿を持つ少女。貧民街育ちながら強者や権威者と渡り合う胆力を持っている。王になった暁には国の体制をぶっ壊すと宣言。『裏社会』を味方につける柔軟な発想に加え、他者の才覚を見抜き適切な仕事を与える最も王に重要な資質をも発揮。アストレア領に隆盛の兆しを齎し、無視できない存在感を示している。

フェルト陣営

『剣聖』ラインハルト・ヴァン・アストレア

Reinhard Van Astrea

——僕は正しいことをした。
そのことを、
悔やんだりはしない

年齢：19→20歳（五章時点）
身長：184cm
体重：70kg台
特技：なし（何をやってもできる）
趣味：人助け（間違いなく正しいこと！）

フェルトの一の騎士。歴代の中でも最強と名高い『剣聖』だが、フェルトから教わることは多いと付き従っている。幼少期、祖母のテレシアが白鯨の『大征伐』に参加している最中に『剣聖の加護』を継承。テレシアが死亡し、父や祖父との間に軋轢が生じてしまう。望んだ加護を授かれる節があるが、真偽は不明。数多ある加護を活用し、レグルス撃破の立役者となった。

フェルト陣営

ロム爺

Rom

年齢：100から先は数え忘れた
身長：220㎝
体重：160㎏超

フェルトの育ての親である巨人族の老人。フェルトが赤子の頃から世話をしており、赤子の扱いに長けている。かつては盗品蔵の主として働いていたが、今はフェルトの王選を手伝っている。ルグニカ王国内で勃発した亜人戦争で活躍したらしく、裏社会の重鎮とも懇意にしている。その過去には謎が多い。

フェルト陣営

エッゾ・カドナー

Ezzo Cadner

フェルト陣営において内政官まがいのことをしている小人族の魔法使い。生真面目できっちり筋を通す人物。優秀な魔法使いだが色持ちには及ばず、『灰色』を自称する。冤罪をかけられ窮地に陥っていた所をフェルトたちに救われた恩があった上、フェルトに大器を見たこともあり、陣営へ加わった。

フェルト陣営

ガストン（トン）

Gaston

年齢：25→26歳（五章時点）
身長：185㎝

王都でスバルが遭遇したチンピラだったが、現在はフェルトの従者。アストレア家の庭師に鍛えられ、体内にマナを循環させる戦闘技『流法』を会得。とある事件で出会った母子と良い関係に。

フェルト陣営

ラチンス（チン）

Rachins

年齢：22→23歳（五章時点）
身長：175㎝

フェルトの従者。王室指南役であるホフマン家の出奔した長子で頭の回転が比較的早く、内政を手伝うことも。仲間思いで、ガストンとカンバリーが困っていたら必ず助けると決心している。

フェルト陣営

カンバリー（カン）

Camberley

年齢：23→24歳（五章時点）
身長：130㎝

小人族で体は小さく、戦闘力はないものの、『寝技の加護』を持つ。その実力は花街の女主人をも腰砕けにしてしまうほど。フェルトの従者になってからも、近くにある花街に通っていた。

フェルト陣営

グリム

Grimm

アストレア家に長年仕えている老人で、屋敷の管理を担当。ラインハルトからは『爺や』、フェルトからは『爺ちゃん』と呼ばれている。兵士だった頃、ヴィルヘルムと同じ小隊の仲間だった。

フェルト陣営

キャロル

Carol

元はテレシアの側仕えだったが、現在はアストレア家に仕えている老婆。グリムの妻。アストレア家の管理やラインハルトの身の回りの世話をしている。フェルトのことを大層可愛がっている。

フェルト陣営

フラムとグラシス

Flam and Grassis

双子の少女。アストレア家に仕えており、祖母のキャロルから従者としての教育を受けている。『念話の加護』を持っており、日に一度だけ、距離に関係なく相方に自分の言葉を伝えることができる。

Crusch Party

クルシュ陣営

「竜にはこれまでの盟約は忘れてもらう」

クルシュ陣営

カルステン公爵家当主

クルシュ・カルステン

Crusch Karsten

民の前に傷を浴び、血を流すのが貴族の務め

年齢：	20→21歳（五章時点）
身長：	168cm
体重：	課せられた責任や重圧よりは軽い
特技：	剣術・騎竜・交渉・料理
趣味：	剣術・騎竜・フェリスと戯れること

十七歳でカルステン家の家督を譲り受けた才女であり、ルグニカ王国の次期王候補の一人。白鯨戦の後、王都へ向かう途中でライの襲撃に遭い、『記憶』を喰われてしまう。記憶喪失後は精彩を欠くものの前向きで、自らの意思でヴィルヘルムに師事し鍛え直してもらい、十分な戦闘力を身につけた。大罪司教『色欲』担当カペラの策略で龍の血を受け、その呪いに身体中を蝕まれている。

クルシュ陣営

ルグニカ王国の『青』

フェリス（フェリックス・アーガイル）

Ferris (Felix Argyle)

お役の一つにも立てないで何が色持ち……！

年齢：	19→20歳（五章時点）
身長：	172cm
体重：	ひ・み・ちゅ♪
特技：	触診・料理・マッサージ（クルシュにだけ）
趣味：	クルシュをからかうこと・クルシュと晩酌・クルシュと騎竜

クルシュの一の騎士。猫耳を持ち、少女のような恰好をしているが実は男性。水属性に適性があり、ルグニカ王国で最高位の『青』の称号を持つ治癒術師。怪我の回復や痛覚遮断といった治癒魔法に卓越し、どんな重傷者でも死んでさえいなければ助けられると豪語する。しかしクルシュの受けた龍の血の呪いは治すことができず、肝心な時に役に立てない己への無力感に苛まれている。

クルシュ陣営

『剣鬼』ヴィルヘルム・ヴァン・アストレア

テレシア、お前は美しい。——だから、お前はここにいてはならない

Wilhelm Van Astrea

年齢：61→62歳（五章時点）
身長：178cm
体重：60kg台後半

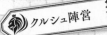

『剣鬼』と呼ばれる程の剣の使い手。ラインハルトの祖父であり、妻は先代の『剣聖』だったテレシア。妻の仇である白鯨を討伐するためにアストレア家を出奔し、クルシュの臣下になる。白鯨討伐後も、記憶を失ったクルシュを支えている。左肩には、テレシアの『死神の加護』でつけられた傷があり、プリステラにて傷が開いたことから、死んだはずのテレシアが近くにいると気付いた。

Personality

戦い　死したはずのテレシアとの決着

プリステラでは屍兵と化したテレシアと相対。一撃で致命傷たりえる斬撃を無数に交わす剣戟は、かつて『剣聖』と『剣鬼』の交わした剣の逢瀬の冒涜に等しかった。その最中、ハインケルが現れ動揺した瞬間に致命の一撃を受けてしまう。相打ち覚悟で剣を握るも、駆けつけたラインハルトによってテレシアは討ち倒された。

家族　息子、そして孫との決別

テレシアが消滅する寸前、自我を取り戻したテレシアにヴィルヘルムはそれまで言えずにいた愛を囁き、その最期を看取ることができた。しかし、スバルの計らいもあり一度は和解の兆しが見えたラインハルトに対して、正しさを認めた上で決別を選択。テレシアの死は、妻を、母を、祖母を失った三者の心に深い傷を残した。

Keyword Explanation

キーワード解説

Keyword Explanation

1 ルグニカ王国

四百年前にファルセイル・ルグニカが神龍ボルカニカと盟約を交わした親竜王国ルグニカ。しかし現在、王族が全員病没したことで盟約の維持に問題が発生。竜歴石に刻まれた記述に従い、新たに盟約を結ぶ巫女――次期国王を、徽章の選んだ五人の候補者から選び出す王選が開幕した。

2 『大征伐』

ダフネが「おっきぃ生き物の方が、食べがいがある」という理由で作り出した白鯨。ルグニカ王国は王弟の息女失踪という未曾有の事態の中で白鯨の『大征伐』を敢行。参加したテレシアは白金の髪の少女と接触し敗北、白鯨討伐も失敗した。その十四年後、スバルの参加した討伐隊が白鯨を倒した。

Priscilla Party

プリシラ陣営

「ただ貴様らは平伏し、
付き従うだけでよい」

プリシラ陣営

『太陽姫』プリシラ・バーリエル

Priscilla Barielle

妾が妾たるが世の理、妾の行い
そのものが天意であるのだと

年齢：19→20歳（五章時点）

身長：164cm

体重：所有する装飾品の数々より軽い

特技：審美眼・騎竜・剣舞

趣味：読書・観劇・芸術鑑賞

王選候補者の一人。夫亡き後、受け継いだ所領は敵対しているヴォラキア帝国との国境沿いに面していたが、まるで魔法のような手腕で帝国の態度を鎮静化させ、周辺有力者を味方につけ、次期王への道を邁進する。気まぐれかつ傲慢だが鮮烈なカリスマ性を持ち、その美貌も相まって『太陽姫』と呼ばれている。プリステラではリリアナを伴い『憤怒』の大罪司教シリウスを撃破した。

Personality

戦い　プリシラの華麗なる戦い

プリステラにて、リリアナを連れたプリシラは衣装を紅のドレスと大粒の宝石の首飾りへ改め、シリウスとの決戦に臨む。シリウスの金鎖の一撃を受けるもプリシラは無傷、首飾りの宝石が代償に破壊された。シリウスはこれを「自分にとって価値あるモノに、自分の傷を肩代わりさせる」力だと推測した。

武装　空から引き抜かれた紅の輝きを放つ陽剣

『空』の鞘から引き抜かれる、柄から刀身まで紅一色に染まった光輝く宝剣。プリシラ曰く「原初の炎にして、皇帝の座を最初に照らした灯火」。曰く、陽剣の放つ白炎は焼きたいモノを焼き、斬りたいモノを斬るため、人質ごと斬り伏せても人質は無傷。プリシラはこの剣を自在に操り、シリウスと互角以上に渡り合った。

プリシラ陣営

プリシラの道化

アル

ああ、まったく。――今日は、なんて星の悪ぃ日だよ

年齢：推定40前後（五章時点）
身長：172cm
体重：70kg前後
特技：日曜大工・似顔絵・手品・折り紙 etc
趣味：酒・昼寝・賭け事（弱い）

プリシラから道化と呼ばれている従者。スバルと同じ異世界召喚者らしいが、ヴォラキア帝国の剣奴として長きにわたり死合いを続けた過去がある。飄々とした態度だがプリシラへの忠誠は本物。プリステラでは対話鏡で偶然エミリアと会話し、その情報を魔女教災害対策本部に届けた。また、スバル同様何らかの特異な能力を持っているらしく、カペラとの戦闘で使用していた模様。

プリシラ陣営

プリシラに仕える執事
シュルト

Schuldt

その、ええと、プリシラ様は、こういう方でありますから……

年齢：11→12歳（五章時点）
身長：130cm

プリシラの使用人。元は農村にいた孤児であり、プリシラに「磨けば光る」と見出され少年執事に仕立て上げられた。主人である彼女を尊敬し、いつも健気に仕えている。プリシラから溺愛されており、プリステラでシュルトが行方不明になった際には、プリシラ自ら避難所を探し回るほど。また、プリシラと一緒に寝ることもあり、彼女にとって替えの利かない抱き枕となっている。

プリシラ陣営

『無駄飯喰らい』

ハインケル・アストレア

Heinkel Astrea

死んだ母さんは俺たちを呪ってる。
三代揃って、俺たちは
許されねぇのさ

年齢：39歳（五章時点）
身長：185cm

ラインハルトの父であり、アストレア家の現当主。お飾りの近衛騎士団副団長。『剣聖』に強く憧れていたが『剣聖の加護』を授かれず、剣名の「ヴァン」も得られなかった。さらに妻のルアンナが『眠り姫』という病で何年も眠り続けており、次第に生活は荒んでいった。バーリエル領でプリシラと出会い、『剣聖』への妨害と龍の血の譲渡を交換条件として、プリシラ陣営についた。

Anastasia Party

アナスタシア陣営

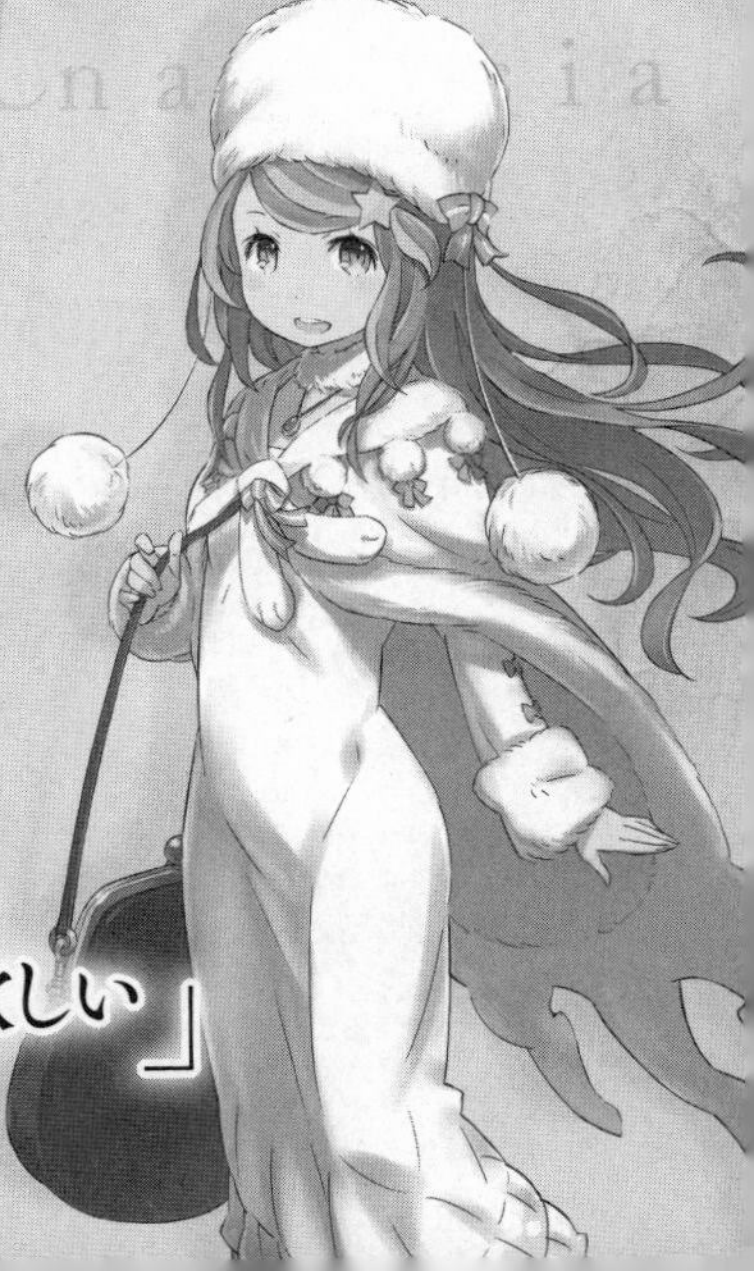

「せやから、ウチは
ウチの国が欲しい」

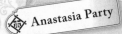

アナスタシア陣営

ホーシン商会の若き商会主

アナスタシア・ホーシン

一目見て、思うたんよ。
——このお兄さん、
ウチのもんにせなあかんて

年齢：	22→23歳（五章時点）
身長：	155cm
体重：	持ち歩く財布の方が重い
特技：	数字計算・鑑定・ダイスキヤキ作り（自称）
趣味：	小銭を数えること・獣人（三姉弟）を愛でること・ダイスキヤキ作り

Anastasia Hoshin

王選候補者の一人で、カララギ随一のホーシン商会の会長。はんなりとした美少女だが抜け目がない性格。ゲートに欠陥がありマナを取り込めないため、常にマナ不足であり魔法も使えないが、人工精霊エキドナに体の主導権を渡すと魔法が行使可能となる。カペラとの戦い以降、アナスタシアの精神はオドの奥底で眠り続けていたが、ユリウスの戦いを見届けるために再び表出した。

Personality

関係　人工精霊エキドナとアナスタシアの関係

アナスタシアが普段巻いている襟巻きに擬態しているのが人工精霊のエキドナ。そのためスバルからは『襟ドナ』と呼ばれる。契約関係にはないが確かな信頼関係にある。しかし体の主導権をエキドナに渡している間にユリウスがロイに『名前』を喰われてしまい、彼を忘れることを嫌ったアナスタシアはエキドナに体を預け続けた。

想い　改めて結ばれたユリウスとの主従の絆

ユリウスがレイドと戦っている最中、「君の騎士の一番カッコいいところを見ないなんて、ケチな君らしくないじゃないか」とエキドナに言われ、アナスタシアは意を決して表へ出た。結果、ユリウスのことを忘れてしまったが、ユリウスが一の騎士であると名乗ると、一目で彼を気に入り、主従の絆の再生が果たされた。

アナスタシア陣営

『最優』の騎士
ユリウス・ユークリウス

Julius Juukulius

断言しよう。私は、騎士としての己を突き詰める

年齢：	21→22歳（五章時点）
身長：	179cm
体重：	70kg前後
特技：	剣術・魔法知識・騎竜・エスコート
趣味：	魔法の知識を深めること（失伝魔法マニア）

騎士として『最優』と誉れ高き、アナスタシアの一の騎士。精霊を惹きつける『誘精の加護』を持ち、契約した六色の準精霊による精霊術と剣技に長けた精霊騎士。ロイに『名前』を喰われ周囲から忘れられてしまうと、準精霊との関係も不安定に。実力を発揮できず精神も乱れるが、レイドとの『試験』で契約を一度清算。精霊へ開花した六体と契約を結び直し、更なる力を手に入れた。

アナスタシア陣営

兄を敬愛する文官

ヨシュア・ユークリウス

Joshua Juukulius

まさしく兄様は真の騎士！
あなたなんて、
お話にならない

年齢：17歳（五章時点）
身長：173cm

アナスタシアの陣営で働いている美青年。ユークリウス家の嫡男だったが、生まれつき体が弱く、養子となったユリウスに次期当主の立場が譲渡された。兄であるユリウスを敬愛しており、使者としてロズワール邸を訪れたときには、スバルたちの前で「兄様は真の騎士！」とベタ褒め。プリステラでロイに『名前』と『記憶』を喰われ、世界から忘れられ、眠り続ける状態に陥った。

アナスタシア陣営

傭兵団『鉄の牙』団長

リカード・ウェルキン

Ricardo Welkin

これでも、ワイは陣営の頼れるオトンのつもりでおるんや

年齢：39→40歳（五章時点）
身長：206cm
体重：140kg超過

アナスタシアの私兵団『鉄の牙』の団長。団員たちから慕われており、アナスタシア陣営のオトン的立ち位置。犬人族の中でも異色の巨漢である。アナスタシアとはカララギの頃からの長い付き合いで、彼女の保護者的存在。プリステラではユリウスと共にロイと戦闘。ユリウスを庇い右腕を失った直後、ユリウスは『名前』を喰われ、「仲間を庇った」という事実ごと失われてしまった。

アナスタシア陣営

ミミ・パールバトン

Mimi Pearlbaton

年齢：14→15歳（五章時点）
身長：毎年のびてるぞー
体重：ちょーかるいぞー

天真爛漫な子猫人の少女。愛らしい見た目に反し実力は確かなもので、『鉄の牙』の副団長を務めている。ロズワール邸で出会ったガーフィールに一目惚れし、以来、彼に猛アタックを続ける。

アナスタシア陣営

ヘータロー・パールバトン

Hetaro Pearlbaton

年齢：14→15歳（五章時点）
身長：110㎝　体重：30kg台

ミミの弟。重度のシスコンであり、ミミがガーフィールに惚れたことが気に入らず、ガーフィールを敵対視する。ミミが瀕死に陥った際、『三分の加護』で姉の傷の影響を負担することでミミを助けた。

アナスタシア陣営

ティビー・パールバトン

Tivey Pearlbaton

年齢：14→15歳（五章時点）
身長：110㎝　体重：30kg台

ミミのもう一人の弟。三姉弟の中では一番賢く、ホーシン商会の銭勘定や交渉も担当。ミミの傷を請け負いつつも、フェリスに痛みを抑えてもらい、ヘータローとともにシリウスと戦った。

Keyword Explanation

キーワード解説

Keyword Explanation

3 精霊

オド・ラグナより命を分け与えられ、マナで実体化している超自然的な存在。誕生直後は微精霊と呼ばれ、力と自意識が芽生えると準精霊、精霊へと位を上げる。基本は自らの意思に従い行動する。精霊術師は精霊の出す要望に応えることを条件に契約を結び、精霊の持つ力を借りることができる。

4 人工精霊

エキドナが創り出した存在。現在確認されているのはパックとベアトリス、エキドナ（襟ドナ）の三体のみ。精霊と同じで、姿を保つにはマナが欠かせない。人工精霊はそれぞれ、契約できない、契約者のリソースを独占するなどの欠点を抱えているが、それを補って余りある能力を持つ。

Witches of the Deadly Sins

大罪の魔女

大罪の魔女

『強欲の魔女』エキドナ

Echidna

それが君の欲の根幹か。
なかなかに興味深いことだね

年齢：？
身長：164cm

Echidna

ありとあらゆる叡智を求めて、死後の世界にすら未練を残した知識欲の権化、『強欲の魔女』。四百年前に死の眠りにつき、魂を『聖域』の墓所に囚われている。『嫉妬の魔女』に滅ぼされた他の魔女たちの魂を、自らの夢の城に蒐集した。その知識欲から『死に戻り』の力を欲し、スバルに契約を持ち掛けるが断られ、他者の感情を理解できないという欠点を看破される。

Personality

能力 夢の城で開かれる魔女の茶会

夢の城に人の精神のみを招いて開かれるお茶会。この空間内であれば、エキドナの意のままに物を出現させることが可能であり、ここで生成されたお茶はいわばエキドナの体液に等しい。茶会に招待される条件は知りたいと強く欲することらしいが、詳細は不明。茶会から帰るときには相応の対価を払う必要がある。

人物 知識を集積し続けるため探求した不老不死理論

エキドナはあくなき知識欲を満たすため、不老不死理論を探求。リューズの複製体に魂を注ぎ込む『魂の転写』は魂が定着せず失敗するが、シーマが墓所に侵入した際に魂の一部を植え付けて徐々に馴染ませつつ、魔水晶の核となったリューズの肉体を強引に重ね合わせて支配に成功。オメガと名乗り、気ままに旅を続けている。

大罪の魔女

『憤怒の魔女』ミネルヴァ

Minerva

この拳の癒しが！
私の憤怒が！
私の答えだぁ——!!

年齢：？
身長：155cm

争いに満ちた世界を嘆きながら、あらゆる人々を殴り癒した『憤怒の魔女』。金髪碧眼の元気で溌剌とした美少女で、拳で殴った相手の怪我を癒やす権能を持つ。争いに満ちた世界に憤怒しており、誰かが傷つくと癒さずにはいられない。スバルがテュフォンに全身を砕かれた直後、入れ替わるように現れ、彼を治癒した。ある意味スバルにとってお茶会の中で一番安全な人物。

大罪の魔女

『暴食の魔女』ダフネ

ダフネにぃ、何が聞きたぃんですかぁ、すばるーん？

年齢：？
身長：140cm

飢餓から世界を救うために、天命と異なる獣を生み出した『暴食の魔女』。拘束衣で雁字搦めになっており、その不自由さから移動手段として生み出した百足棺はダフネの老廃物が原動力。つねに飢餓感に襲われている。白鯨、大兎、黒蛇の三大魔獣を生み出したが、白鯨に加え大兎も倒すと宣言したスバルに興味を抱く。スバルのことを「すばるん」と呼び、親しげな態度を示している。

大罪の魔女

『傲慢の魔女』テュフォン

Typhon

アクニンじゃーないのに、
自分をトガビトだと思ってるのかー

年齢：？
身長：125cm

幼さ故の無邪気と無慈悲で咎人を裁き続けた『傲慢の魔女』。天真爛漫で、他の魔女やスバルを「ドナ」「バル」など独特な愛称で呼ぶ。何かしらの力を使い、スバルを悪人ではないが咎人だと見定めた。プレアデス監視塔では、スバルが手にした『タイゲタ』の書庫の『死者の書』により、処刑人である父の影響で善悪の指針に悩むが、罪の意識は人の心の内にあると学んだ過去が判明。

大罪の魔女

『怠惰の魔女』セクメト

Sekhmet

あたしは誰にも肩入れしないさね、はぁ。ただ、あの子への義理は果たす

年齢：？
身長：170cm

自らの安らぎをもたらすそのためだけに、大瀑布の彼方へ龍を追いやった『怠惰の魔女』。無造作に伸びた赤紫の髪が特徴的な気だるげな美女で、茶会では寝そべった状態ながら、ミネルヴァを一時的に圧倒。魔女たちが束になっても敵わないほどの強さだと言われ、エキドナがスバルに契約を持ち掛けた折、実力行使に出たら殺すと告げ、場の公平性を保つ抑止力となった。

大罪の魔女

『色欲の魔女』カーミラ

Carmilla

私、は、私に、嫌なことする人、を……『絶対に許さない』

年齢：？
身長：158cm

世界を愛で満たそうと、人非ざるものたちに感情を与えた『色欲の魔女』。伏し目がちでおどおどした印象の少女だが、自分に嫌がらせする相手を許さないという強い意志も持つ。自分を相手が見たがっている姿に見せる『無貌の花嫁』の権能は、相対している人の呼吸を忘れさせ、最後には心臓をも止める。茶会では愛の大事さを語り、契約を巡る話し合いでは、スバルの味方に回った。

大罪の魔女

『虚飾の魔女』パンドラ

Pandora

鍵と封印をここに。
——私たち魔女教の、
本懐を成就させるために

年齢：？
身長：155cm

白金の髪が特徴的な、人外の美貌の『虚飾の魔女』。百年前、魔女教の本懐を成就すべく、封印を解くためにエリオール大森林を訪れる。微精霊を操りエミリアを封印の扉まで導くが、エミリアのマナが暴走し撤退した。事象を思うままに書き換えるような権能を行使するが、その実態は未だ不明。先代『剣聖』テレシアの死にも関わったようだが、その正体と目的は謎に包まれている。

大罪の魔女

『憂鬱の魔人』

ヘクトール

Hektor

己に力を使わせるなよ。
陰鬱で、死にたくなる

年齢：？
身長：185cm

二十歳前後の外見、顔色が悪く猫背で、目の下に隈を浮かべた痩身の『憂鬱の魔人』。無気力な服を着て歩いているような雰囲気。「憂鬱だ」が口癖で、自身のことを「己」と言う。エキドナとは旧知の様子。四百年前にエキドナを狙い『聖域』を襲撃するが、結界が発動し失敗に終わった。ヘクトールの記録はほとんど残っておらず、意図的に存在が抹消されていると推測される。

Sin Archbishops

大罪司教

大罪司教
魔女教大罪司教『憤怒』担当
シリウス・ロマネコンティ
普遍の、不偏の、不変の愛で
あなたを包みましょう
年齢：？
身長：168cm
Sirius Romaneeconti

全身に包帯を巻き素顔が見えず、先端に鉤爪のある鎖を使う怪人。ペテルギウスを愛しており、彼を奪った女に似ているという理由で、エミリアに対して憎しみを抱く。他人の魂を汚染する権能を持ち、プリステラを未曽有の混乱に陥れる。プリシラと、『伝心の加護』を持つリリアナによって倒され、生きたまま捕縛された。身柄は王都の監獄塔へと送られ、拘束されている。

Personality

権能

他人の感情を塗り替えるシリウスの『洗魂』

人の感情や肉体の変調を周囲の人々へと共鳴・共振させる権能。怒りや嫌悪だけでなく、斬り傷や『転落死』さえも共有させるため、スバルは洗脳を超える『洗魂』と命名した。また共鳴させるのみならず感情を書き換え、影響下の人物を自在に誘導することも可能。魔法よりも呪術に近く、魂へ直接干渉する権能である。

想い

ペテルギウスへのとても深い愛情

ペテルギウスを夫と呼び、勝手にペテルギウスの姓であるロマネコンティを名乗っている。スバルが『インビジブル・プロヴィデンス』を使った際にペテルギウスの面影を見る。王都への連行前、ペテルギウスが依り代であるスバルに精神を食まれて自由を奪われていると主張し、いつかペテルギウスを表出させると誓った。

大罪司教

魔女教大罪司教『強欲』担当
レグルス・コルニアス

Regulus Corneus

この世界で最も満ち足りた、
人生の完成した男さ

年齢：？
身長：173cm

承認欲求と自己顕示欲の権化。己の価値観を押し付けながら、大勢の妻を無理やり従わせている青年。花嫁の空席が埋まると『福音書』に書かれていたことから、プリステラを訪れる。エミリアを見初め、花嫁に迎え入れるため結婚式を挙げたが、スバルたちに妨害された。二つの権能を持つ無敵の存在だが、スバルに権能の秘密を暴かれ、ラインハルトに地中深く沈められ絶命。

Personality

権能
レグルスの有する二つの無敵の権能

権能『獅子の心臓』は物体の時間を停止させる。自身の肉体の時間を停止させることで全ての攻撃を無効化し、効果を付与した物体は強度を問わずあらゆるものを切断する。自身の心臓も止まるため五秒しか使えないが、もう一つの権能『小さな王』で心臓を花嫁に預けることで欠点を解消し、無敵を実現させていた。

想い
笑顔を失った五十三人の妻たち

今まで娶った妻の総数は二百九十一人。レグルスの癇癪で殺害された者も多く、現在残っているのは五十三名。感情を出して美しい顔が崩れるのを嫌い、妻には無表情で過ごすよう強要している。フォルトナを七十九番目の妻にしようとしたが断念し、百年の時を経て、プリステラにて空席を埋める花嫁にエミリアを選んだ。

大罪司教
魔女教大罪司教『色欲』担当
カペラ・エメラダ・ルグニカ
この世の愛と尊敬は、全て
アタクシに一人占めされるためにある
年齢：？
身長：145cm（可変）
Capella Emerada Lugunica

残忍極まる性格で、人間の尊厳と価値観を踏みにじる怪物。下品極まりない口調が特徴的。全てを愛しているが故に、愛されようと励む在り方はスバルも理解を拒んだ。どんな傷からも再生する回復力から自身を不死身と称する。あらゆる姿に変身でき、他人の姿も変えられる権能を持つ。血には龍の血が混ざっており、傷口にその血を垂らされた者は血の呪いを受けてしまう。

Personality

権能
全ての人から寵愛を受けるための権能

自身を含む生物の姿を変異、変貌させる権能を有するカペラ。自らの姿をいかようにも変えられる上に、他人をも自由に変身させる。生命の尊厳を踏みにじる異形異様の存在――『亜獣』をプリステラ中に解き放った。またあらゆる美意識を体現できる自分こそが、世界で最も愛される存在だと自負している。

名前
途絶えたはずのルグニカ王族との関係

家名にルグニカが入るのは王族のみであり、五十年以上前には、エメラダ・ルグニカの名を持つ王族が実在していた。美しく聡明な女性であったと記録されているが、ルグニカ王家の中でも異端であり、その性格は残忍極まりなく、余人には計り知れない闇を抱えていたという。カペラがその名を騙る理由は、果たして……。

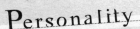

大罪司教
魔女教大罪司教『暴食』担当／『美食家』
ライ・バテンカイトス
Rye Batenkaitos
愛しい愛しい英雄が、僕たちを
裁きにきてくれるはずなんだよ
年齢：？
身長：150cm

『暴食』三兄妹の長男で、『美食家』を標榜する十代前半の見た目の少年。良くも悪くも味付けの濃い人生を愛する。下拵えと素材を大事にしており、相手を選別し最高のタイミングで喰うことに美学を感じている。喰ったレムの『記憶』の影響でスバルを英雄と呼ぶようになる。プレアデス監視塔ではエミリアの『名前』を喰うが、ラムに殺されたことで皆にエミリアの記憶が戻った。

Personality

権能 『記憶』と『名前』を喰う『暴食』の力

他者の『記憶』を喰うことにより、その者の記憶や経験、技能を使いこなせる。また、権能の一部『日食』で喰った相手に変身できるが、変身した相手の影響を受けやすくなる。名を口にすることが喰うための条件の一つであるため、偽名を使うのが有効な対抗手段。『名前』を喰われるとその人物は、世界から忘れられる。

戦い 本物の『美食』を喰らえずプレアデス監視塔で迎えた最期

ラムと戦い劣勢になり、それまで封じていた『日食』で、これまで喰った強者やレムに変身。しかし、『記憶』は入り混じり、キメラのように歪な姿へと変貌。そんな戦いの中で極大の感情が芽生えた——ラムへの愛と、彼女こそが本物の『美食』だという想いだ。死の間際、自らの想いを伝え、ラムの風の刃で首を斬り飛ばされた。

大罪司教
魔女教大罪司教『暴食』担当／『悪食』
ロイ・アルファルド
Roy Alphard
喰ったッ、喰ってやったッ！
なんて芳醇な味わい！
年齢：？
身長：150cm

『暴食』三兄妹の次男。腐った目をした『悪食』の少年。ライとは違い、ロイはとにかく数を優先し、雑多なもので空腹を満たすことに夢中になる。プリステラでは、ヨシュアの『記憶』と『名前』を奪い、その記憶を使ってユリウスの『名前』を喰った。プレアデス監視塔ではレイドを喰うが、彼に魂の主導権を奪われてしまう。そしてユリウスに倒され、元の姿に戻り生け捕りにされた。

Personality

権能

権能『蝕』の二つの使い道

『暴食』の権能『蝕』には、『日食』と『月食』がある。『日食』は肉体ごと相手そのものへ変じる能力。『月食』は、喰らった相手の『記憶』を引き出し、その者の剣技や武技、魔法を再現する。プリステラでユリウスと対峙した際は、『月食』の能力を最大限に発揮し、ユリウスの魔法を相殺し打倒した。

戦い

規格外の魂に主導権を奪われる

『日食』は喰った人の存在を自らに被せ、その者の能力を十全に発揮する。だが相手の精神の影響を強く受けてしまう欠点がある。レイドに変身したロイは、通常ならば、初代『剣聖』の力が手に入るはずだった――だが、レイドの強烈な自我に自らの魂の主導権を奪われて、体を乗っ取られてしまう。

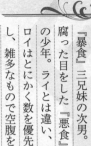

大罪司教
魔女教大罪司教『暴食』担当／『飽食』
ルイ・アルネブ
お願い。――お兄さんの人生、
お腹一杯、食べさせて？
Rui Arneb
年齢：？
身長：140cm

『暴食』三兄妹の末妹。オド・ラグナの揺り籠『記憶の回廊』に居座っている。『記憶の回廊』に送られてくる兄たちが喰った記憶しか喰うことができず、喰い飽いているが故の『飽食』。死を経験するスバルの『記憶』を欲し、自らの魂を二つに分かち、分身がスバルの魂へと入り込む。思い通りになる人生を送るべく、記憶喪失のスバルとして過ごし『死に戻り』を経験するが……。

Personality

権能

記憶の回廊から出られない『飽食』

ルイは魔女因子と魂が結びついた存在で肉体を持たず、現実と隔絶された『記憶の回廊』から出ることができない。無数の人生を喰う中で人々の生きる下手さに辟易し、自身の方が上手く生きられる、幸せになれると思い込んでいた。魂だけの存在であるため、兄たちと違い肉体の侵食を恐れることなく『日食』の権能を行使できる。

人物

幾多の死を経験し『死に戻り』に恐怖を抱く

スバルの『死に戻り』を利用し、死の味とやり直し可能な最上の人生を味わおうとした分身のルイだったが、死の恐怖と、それを経験してなお精神を保っているスバルを理解できないと拒絶。それを知らない本体のルイは分身の『記憶』を喰おうと襲いかかり、勝者のいない争いを始めて、終わった。

Keyword Explanation

キーワード解説

Keyword Explanation

5 魔女教

『嫉妬の魔女』の復活を目的とする狂信者集団。魔女教に相応しい者には『福音書』が送られ、この本を受け取ることで魔女教徒になる。彼らは他の魔女を認めておらず、昔、ヴォラキア帝国のある都市で他の魔女縁の『ミーティア』が出たという噂が流れただけで、その都市を滅ぼしたという……。

6 大罪司教

魔女因子を取り込み、『傲慢』、『憤怒』、『怠惰』、『強欲』、『暴食』、『色欲』の称号を冠する魔女教徒。『傲慢』担当は現在空席となっている。各々が独自の価値観で動いており、必ずしも協力関係にはならない。全ての大罪司教が『嫉妬の魔女』の復活を目的としている訳ではない。

Others

その他

『腸狩り』エルザ・グランヒルテ

あなた。とてもいいわ。
すごく活きのいい子。素敵よ

年齢：	23歳
身長：	168cm
体重：	奪った命の数だけ重い

凄腕の殺し屋で妖艶な美女。グステコ聖王国出身であり、バラバラにされても元の姿に戻れるほどの再生力を持つ『吸血鬼』。ロズワールの依頼で、ロズワール邸を襲撃。ガーフィールとの戦いでは鮮血に塗れながら、初めての殺しで感じた血と臓物の温かさを思い出す。自身の再生力が通じない死を悟ったエルザは、殺意を向けるガーフィールを見て恍惚を感じながら息絶えた。

エリオール大森林

エリオール大森林の封印の守り人

フォルトナ

Fortuna

エミリア……あなたは、私の誇り。私の宝物……

年齢：？
身長：168cm

エミリアの叔母であり、育ての母。エミリアと同じく銀色の髪と紫紺の瞳を持っているが、髪は短く、双眸は切れ長で鋭い。エリオール大森林の封印の守り人の役目を担っている。戦闘力が高く、エミリアはパックの力を借りた自分を上回ると見ている。優しく、時に厳しくエミリアを躾け、約束の大切さを教えた。レグルスとパンドラに襲撃された際は、森の住人と封印を守るべく戦った。

エリオール大森林

魔女教の司教

ジュース

エミリア様が健やかに育って
くださるならばそれで十分

年齢：？
身長：180cm

百年前、フォルトナたちが住むエリオール大森林に支援物資を届けに来ていた青年。緑髪で長身、温和な雰囲気でフォルトナとも親しく、教徒からは「ロマネコンティ司教」と呼ばれている。レグルスらの襲撃時に資格を持たない身で魔女因子を取り込み、パンドラから『怠惰』の座を与えられた。しかしパンドラの権能により、自らの手でフォルトナに致命傷を与え、心が壊れてしまう。

エリオール大森林

エルフの里の少年

アーチ

Archi

世界は、みんな、君を祝福するためにあるんだ……！

年齢：？
身長：172cm

エリオール大森林に住んでいた年若いエルフ。翠の瞳で金髪を細い三つ編みに纏めている。真面目で素直な性格で、エミリアにとっては幼馴染のお兄さんのような存在。森の封印を守る次代の守り人だったが、パンドラやレグルスが襲撃してきた際、フォルトナから守り人の使命とエミリアを託される。森に放たれていた魔獣・黒蛇から身を挺してエミリアを庇い、最後まで戦い抜いた。

『八つ腕』クルガン

――見事

年齢：？
身長：？

ヴォラキア帝国の将軍で最強の名をほしいままにした闘神。通称『八つ腕』のクルガン。八本の腕で名刀『鬼包丁』を使いこなす。穏やかな気性の者が多い多腕族でありながら、尽きぬ闘争心を持ち、常に戦いを渇望していた。若き頃のヴィルヘルムも交戦したが、今はすでに亡くなっている。魔女教の屍兵としてプリステラに現れるも、ガーフィールに英雄英傑としての在り方を見せた。

先代『剣聖』

テレシア・ヴァン・アストレア

Theresia Van Astrea

あなたは、私を
——愛してる

年齢：？
身長：？

先代の『剣聖』であり、ヴィルヘルムの妻。戦いを嫌い花を好む心優しい女性。相手に癒えぬ傷を与える『死神の加護』を持つ。『亜人戦争』を終結に導いた立役者だが、ヴィルヘルムに敗れ、妻となり一線から退いていた。白鯨の『大征伐』の最中に『剣聖の加護』を失い、命を落とす。屍兵として死体を操られるもラインハルトに倒され、ヴィルヘルムに看取られて消滅した。

自由な『歌姫』
リリアナ・マスカレード

つまり、『幼女使い』伝説は私の独占ですよね!?

年齢：21→22歳（五章時点）
身長：150cm

Liliana Masquerade

弦楽器のリュリーレを奏でながら歌う吟遊詩人。夢は、最も新しい伝説を歌にすること。いずれナツキ・スバルの英雄譚を歌う許可を貰っている。ミューズ商会の若旦那であるキリタカに溺愛されており、プリステラでは『歌姫』として多くの人から慕われている。シリウスとの戦いの中で『伝心の加護』が覚醒し、街中の人々から歌の力でシリウスの権能を消し去った。

Personality

過去

各地を回り本物の吟遊詩人に成長

歌いながら世界を渡り歩く一族に生まれたリリアナ。母の歌う冒険譚の英雄たちの自由さに憧れ、一族に伝わるリュリーレを盗み、十三歳で家を飛び出した。その後、苦難と受難に苛まれ、路銀に困り草の根を食んで腹痛と熱で生死の境を彷徨った後、吟遊詩人の本質に気づく。以来、本物の吟遊詩人として多くの人に歌を届ける。

想い

プリステラでの名声とキリタカとの関係

キリタカはストーカー気質の『歌姫狂い』で、リリアナも当初は変人だと思っていた。しかし自分の外見や人となりに好意を示した初めての人であり、プリステラ全域に歌を届けるよう取り計らい、リリアナを『歌姫』にしてくれたのもキリタカだった。彼が生死不明になった際、リリアナは彼を大切に思っていることに気づいた。

プレアデス監視塔
『賢者』シャウラ
もう、置き去りは嫌ッスよ、
お師様。……あーしも、愛されたいッス
年齢：？
身長：170cm
Shaula

プレアデス監視塔の星番。世間から『賢者』だと思われていたが、実際はお師様であるフリューゲルの名声がシャウラとすり替わって広まっていた。明るいが気ままな性格でお師様が最優先、長い髪の結び方は『スコーピオンテール』と称している。フリューゲルとの約束で四百年もの間、プレアデス監視塔を一人で守っていた。スバルをお師様だと思い、四百年の空白を埋めるように慕う。

Personality

想い
スバルのことを『お師様』と呼ぶ理由

シャウラは人を男女や背の高さ程度でしか判別していない。「どす黒くえぐい臭いを纏っており、そんな臭いをさせて平気な人などお師様以外に考えられない」という理由で、スバルをお師様であるフリューゲルだと思い懐いていた。ちなみに王国の銀貨に描かれる『賢者』の顔とスバルの顔は似ても似つかない。

能力
お師様のスバルさえ抹殺するキリングマシーン

『試験』のルールを破ると、本人の意志とは無関係に凶暴な紅蠍に変化してしまう。ヘルズ・スナイプや自切した大鋏を爆発させる攻撃で、プレアデス監視塔内の人間を殺害。エミリアが『試験』をクリアしたことで役目を終え、スバルへ愛を伝えて塵となった。その塵から現れた魔獣「小紅蠍」は現在メィリィと行動を共にしている。

プレアデス監視塔

初代『剣聖』 レイド・アストレア

Reid Astrea

名乗る名なンざねえよ。——オレは、ただの『棒振り』だ

年齢：？
身長：？

龍を百頭斬った、剣奴孤島の死合いで六千戦無敗の戦績を収めたなど、数多くの伝説を持つ初代『剣聖』であり、世界を救った三英傑の一人。『棒振り』レイド。四百年前を生きた人物であり死亡しているはずだが、プレアデス監視塔の『試験』で試験官として立ちはだかった。飲んだくれで女好きの人でなしだが力量は確かで、持ち合わせた箸一本で、剣で戦うユリウスを圧倒した。

プレアデス監視塔

『神龍』ボルカニカ

Volcanica

何かあれば話せ。汝の憂いなら我が取り除こう、——サテラ

年齢：？
身長：15m以上

四百年前、当時の国王ファルセイル・ルグニカと盟約を結び、幾度も王国の窮地を救ったとされる神龍。頭部に二本の太く大きな角が生えており、体躯は十五メートル以上の巨体。監視塔の『試験』で現れたボルカニカは挑戦者を待ち続ける中で精神の死を迎え、頂へ至る者の志を問うのみとなっていた。意識を取り戻した際はエミリアをサテラと誤認し、親しげに話しかけた。

Keyword Explanation

キーワード解説

Keyword Explanation

7 エリオール大森林

多くの微精霊が存在し、魔鉱石の埋蔵量が豊富な大森林。そこに住むエルフたちやフォルトナは、大森林にある封印を守護していた。それを解く鍵を所持するのがエミリアである。だが、『虚飾の魔女』パンドラの襲撃の折、エミリアのマナが暴走。大森林は溶けることのない凍土に覆われた。

8 三英傑

『嫉妬の魔女』から世界を救った英雄として語り継がれている、『剣聖』レイド、『神龍』ボルカニカ、『賢者』シャウラのこと。三人はルグニカ王国の硬貨にデザインされている。しかし『賢者』の功績はフリューゲルの行いだったと判明。シャウラへすり替わっている理由は未だ判明していない。

Re:Life in a different world from zero Re:zeropedia 2
Chapter Two, Story Guide

第二部
物語紹介

『聖域』での大罪の魔女との邂逅、水門都市プリステラでの大罪司教との決戦、プレアデス監視塔での激闘——大切な人たちを救うため、スバルが辿った『死に戻り』を追う。

〘第一章〜第三章振り返り〙

ナツキ・スバルの歩み

第一章 召喚の王都ルグニカ編

コンビニ帰りに突如、異世界に召喚された少年・菜月昴。チンピラに絡まれていたところを銀髪の美少女に救われ、盗まれた徽章探しを手伝うことに。手がかりを元に辿り着いた盗品蔵で何者かに襲撃され、少女と共に命を落とすが——気が付けばスバルの記憶以外の全てが異世界召喚時点に戻っていた。死の運命に抗い、彼女を救うため、幾度も『死に戻り』を繰り返す中で襲撃者を撃退。命を助けたお礼に、エミリア——少女の本当の名前を教えてもらう。

第二章 救済の辺境伯ロズワール邸編

ロズワール邸の使用人として働くことになったスバル。ラムやレム、ベアトリスらと交流を深めていくが、突如として原因不明の死が訪れ『死に戻り』のループが始まる。レムの襲撃による死、さらには死ぬ運命にあったレムを救うための自死でスバルはループを繰り返し、元凶である魔獣ウルガルムと対峙するが全身に呪いを浴びてしまう。スバルの呪いを消すため魔獣討伐に向かったレムを救出し、ロズワールが魔獣を殲滅。スバルはレムの命と心を救った。

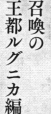

第三章 再起の王選開幕編

王選開幕の場でエミリアの騎士であると勝手に宣言したスバル。しかしスバルは自分を拒絶するエミリアに酷い言葉を放ってしまう。二人は決別し、スバルは王都に残るもエミリアの危機を知り、周囲の制止を振り切ってエミリア救出に向かう。しかしエミリアは助けられず、『死に戻り』のループを繰り返すも結果は変わらない。スバルの精神は腐敗し、一度は逃げ出そうとするが、レムの強い言葉によって、ゼロから始めることを決意。他の王選候補者と同盟を結び、白鯨と魔女教大罪司教『怠惰』担当のペテルギウスを撃破して死の運命を切り開き、エミリアと仲直りして想いを伝えた。

死闘の末に掴み取った未来
しかしレムは世界から忘却されてしまい——
スバルを新たな『死』のループが待ち受ける!?

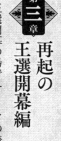

【10～12巻】

第四章 追懐のクレマルディの聖域編1

かつてない危機の連鎖『聖域』での新たな戦い

白鯨とペテルギウスを討伐したスバルはエミリア、オットーとロズワール邸へ戻る。だがロズワールとラムは屋敷におらず、避難したアーラム村の半数の人々も戻っていなかった。彼らはクレマルディの森にある『聖域』にいるという。スバルたちは『聖域』に向かうが、それは新たな死のループの始まりだった。魔女との邂逅、『腸狩り』の襲撃、真意の見えないガーフィールとの確執、三大魔獣・大兎の出現。多くの謎と困難が一斉にスバルに立ちはだかる。

〖 12巻 〗
2017年3月25日
定価：本体640円（税別）

〖 11巻 〗
2016年12月23日
定価：本体640円（税別）

〖 10巻 〗
2016年10月25日
定価：本体640円（税別）

Mission

1

墓所の『試練』に挑み
『聖域』の結界を解く。

2

エルザとメィリィから
ロズワール邸を守り抜く。

周回タイムライン

第四章 1周目

128Pへ

ロズワール邸へ帰還したスバル一行。

フレデリカとベアトリスと会話。

フレデリカから輝石、
ペトラからお守りのハンカチを預かる。

『クレマルディの聖域』に到着。
スバルは転移し、エキドナの茶会へ。

現実世界に戻る。ロズワールの下へ。

アーラム村の住民の下へ。エミリアの
言葉に、住民たちとのわだかまりが解消。

エミリアの『試練』に異変を感じ墓所へ。

『試練』で両親と会話。過去を乗り越える。

エキドナから『試練』が三つあると聞く。

SAVE 『試練』を突破したスバルは、
エミリアと墓所から出る。

ロズワール不在時の魔女教襲撃は
彼の思惑通りの出来事だと知る。

エミリアと『試練』のことを話し合う。

ガーフィールから、輝石を渡される。

オットーと一緒に、住民たちを
アーラム村に送り届ける。

ロズワール邸でエルザの凶刃に倒れる。

第四章 2周目

130Pへ

LOAD 『試練』終了後の墓所に『死に戻り』。

スバルが『試練』を行うと提案するが、ガーフィールたちから反対されてしまう。

ラムと一緒に、ロズワール邸へ。

フレデリカとの会話中に、エルザ襲撃。

魔獣の襲撃でペトラが圧死し、フレデリカがエルザに殺される。

禁書庫でベアトリスの『福音書』を発見。

エルザが入室し、スバルは殺害される。

第四章 3周目

131Pへ

LOAD 墓所を出てオットーと会話。

ガーフィールに白い建物に監禁される。

三日後、オットーに救出される。

ロズワールに、ベアトリスが持っていた『福音書』について問い詰める。

オットーとラムとの待ち合わせ場所で、ガーフィールに襲われる。

パトラッシュに結界まで運ばれて転移。

転移先で現れた大兎に喰われて死亡。

第四章 4周目

132Pへ

LOAD エキドナの茶会に招かれる。

誓約を書き換えて、現実に戻っても
記憶を維持できるようになる。

他の魔女たちと出会う。

ダフネから大兎の生態を聞く。

エキドナがペトラのハンカチに細工。

現実に戻ると、『嫉妬の魔女』が出現。

ガーフィールに助けられる。

『嫉妬の魔女』の影に呑まれるも、自殺。

第四章 5周目

134Pへ

LOAD リューズから『聖域』の過去を聞く。

翌日、ガーフィールと対話後、
ロズワール邸へ単身戻る。

ロズワール邸に到着。

ベアトリスを説得中、エルザが到着。

ベアトリスとアーラム村に逃げる。

メィリィとエルザと戦う。

ベアトリスが死ぬ直前、
スバルは『聖域』へ転移させられる。

大雪の中、集落でガーフィールと会う。

墓所で心の均衡を崩したエミリアと会話。

ロズワールが、スバルの
ループに気付いていることを告白。

墓所へ戻り、エミリアの膝の上で死亡。

第四章　6周目

136Pへ

LOAD　墓所で第二の『試練』開始。

『ありうべからざる今』を見続ける。

三度、魔女の茶会へ。

エキドナから契約を持ちかけられる。

他の魔女たちが契約に待ったをかける。

エキドナとの契約は決裂。

『嫉妬の魔女』がやってくる。

Continue　140Pへ続く

第四章 周回の書1

1周目

10巻11〜321P

魔女との邂逅と新たな死のループ

白鯨とペテルギウスを討伐したスバルたちだったが、レムが『暴食』の大罪司教の襲撃により世界から『名前』と『記憶』を奪われてしまった。ロズワール邸へ帰還した一行を出迎えたのは古参メイド・フレデリカ。アーラム村の住人の一部、そしてロズワールとラムが避難した『クレマルディの聖域』から戻らないことを知り、ロズワールの真意を確かめるべく『聖域』へ向かうことに。しかし到達直前、フレデリカに託された輝石によってスバルは遺跡へ転移してしまい——『強

1周目 Point.1

大罪司教『暴食』の権能によって眠り続けるレム

『暴食』に存在を喰われ『眠り姫』となったレム。スバル以外の誰もがレムを忘れ、彼女の生活の痕跡さえも世界から失われた。以前スバルがエミリアに送るよう取り計らった親書が白紙だったのも、書いたレムの存在が世界から忘却された結果だと推測されている。

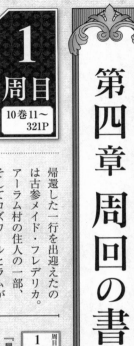

欲の魔女』エキドナの茶会へ導かれる。その後、現実世界に戻ると『聖域』の代表・リューズとガーフィール、ラムたちと合流。村人たちは『混じり』を閉じ込める結界の解除を条件に、ガーフィールによって軟禁されていた。結界を解くための『試練』にエミリアが挑むも事態は急変。様子を見に行ったスバルにも『試練』が始まってしまうが、両親と対話して過去との決着をつけ、第一の『試練』を突破する。一方エミリアは『試練』を突破できない。そんな中、ロズワールは自身が不在の間に魔女教徒の襲撃が発生したのは意図通りだったとスバルへ告白。不信感を募らせつつも、三日後、スバルは一度村人たちを連れてアーラム村に帰還する。しかし屋敷に現れた『腸狩り』エルザの凶刃が、スバルの命を引き裂いた。

1周目 Point.2

『試練』に挑む資格は結界に干渉し得る血であること

『聖域』の結界を解くための『試練』を受けられるのは亜人と人両方の血を引く『混じり』のみであるため、資格を持つエミリアが『試練』に挑む。資格を持たない者が『試練』を受けようと墓所へ入ると肉体を引き裂かれてしまうのだが、スバルは『怠惰』の魔女因子を宿していたこと、エキドナから『試練』に挑む資格を与えられたことで例外的に無傷で墓所に入ることができた。

2周目

11巻11～124P

エルザの襲撃に備え屋敷に戻るスバルだが……

第一の『試練』をクリアした後の墓所に『死に戻り』するスバル。外に出たスバルは自分が『試練』に挑むと提案するがガーフィールらに拒否され、エミリアが挑み続けることに。前回の『死』で何も情報を得ていないエルザ襲撃や輝石を託したフレデリカの思惑を探るべく、ロズワールから屋敷へ戻る許可を得る。翌日、ラムと『聖域』を出発。屋敷でフレデリカと話したスバルは、彼女は事件の黒幕に指示されて輝石を渡しただけで敵ではないと考えるも、直後にエルザと魔獣の群れが屋敷を急襲。寝たままのレムを連れ出すため奮戦するが仲間を全員失い深傷を負う。間一髪でベアトリスによって禁書庫に導かれて助けられたスバルは彼女が魔女教徒と同じ『福音書』を持っているのを見つけ驚愕。真意を聞く前に禁書庫にエルザが侵入

2周目 Point.1

前回のループと異なる展開不明瞭な事件の全貌

スバルが『試練』を受けることに前向きだったはずが、今回は否定的な態度を取るガーフィール。さらに、二日も前倒しで『聖域』からロズワール邸へ戻ったにも拘わらず、ペトラやレムたちを避難させる前に、エルザに加えて前回は見なかった魔獣までもが早期に出現した。『死に戻り』によってこれから起きる出来事の情報を持ち帰れるスバルの利点が、ことごとく潰されていく。

し、惨殺された。

3周目

11巻125〜237P

突然の監禁、最悪の魔獣の出現

『死に戻り』で濃くなった魔女の瘴気からガーフィールに魔女教徒だと警戒されたスバルは森の奥の建物に監禁されてしまう。三日後、オットーに救出されたスバルはロズワールの下に向かい、ベアトリスの『福音書』について問う。ロズワールはそれを所有者の真の未来を示す『叡智の書』と呼んだ。その後『聖域』を脱出しようとするスバルたちの前に、激昂したガーフィールが急襲。ラムやオットー、村人たち、パトラッシュが命を尽くしスバルを逃がすも、結界に触れた輝石が反応して転移、監禁された建物に戻ってしまいスバルはこのループの失敗を

3周目 Point.1

ベアトリスに関するロズワールからの不明瞭な助言

ベアトリスのことをスバルに問い詰められたロズワールは、「ロズワールは、質問をしろと言っていた」、そして「自分が『その人』だ」とベアトリスへ言えば協力を得られるとスバルに進言。それがベアトリスと何者かの間で結ばれた覆し得ない契約だというが、スバルが問い詰めても答えをはぐらかされてしまう。「君にはこの言葉では足りないと見える」という発言の真意は一体……。

悟る。外に出ると『聖域』が大雪に覆われており、出現した魔獣・大兎に全身を喰い尽くされた。

4周目

11巻237～12巻41P

魔女の茶会、再び 大罪の魔女との対面

『死に戻り』したものの、大兎に喰い尽くされて死んだショックで正気を失う寸前となってしまうスバル。しかしエキドナがスバルを茶会に招き、魔女因子に働きかけることで心の均衡を取り戻す。誓約のせいで現実に戻るとエキドナを忘れてしまうため、再び平静を失ってしまう恐れからスバルは誓約を書き換えるよう希望する。さらにエキドナが『死に戻り』を知っているのではないかと推測し、彼女にうながされて『死に戻り』について告白。初めて他者へ『死に戻り』について話せたことに涙する。エキドナは、『死に戻り』は『嫉妬の魔女』がスバルに与えた力だがスバル以外の運命を考慮していないと推測。スバルは改めて『死

4周目 Point.1

白鯨・大兎・黒蛇 三大魔獣が世界に解き放たれた理由

『暴食の魔女』ダフネが三大魔獣を生み出した理由――白鯨が巨大なのは食べがいがあるから。大兎が無限に分裂するのも、多くの人の空腹を満たせるから。食糧問題を解決する究極の方法とも捉えられるが、犠牲を考慮しない在り方にスバルは価値観の違いを悟る。ダフネの価値観は弱肉強食、動物の理屈そのものだ。故に人間が自身の生み出した魔獣の犠牲になろうが無関心である。

に戻り』を使い倒してでも、自分の意志で全てを救うことを決意する。直前のループでの死因となった大兎についてエキドナに問うと、生み出した本人である『暴食の魔女』ダフネの魂を呼び出すことに。『傲慢の魔女』テュフォン、『憤怒の魔女』ミネルヴァが現れるというハプニングのあと、

ダフネに会ったスバルは彼女から大兎にマナを求める習性があることを聞き出すことに成功。エキドナが誓約を書き換える対価としてペトラから預かった白いハンカチに細工を施し、スバルは現実へと戻る。だが墓所を出ると『聖域』は『嫉妬の魔女』の影に呑み込まれかけていた。ガーフィールとの共闘の末にスバルも影に呑まれるが、影と一体化する寸前に白いハンカチがエキドナの仕掛けによって光の短剣に変化。スバルは自害する。

4周目 Point.2

『嫉妬の魔女』の出現を予期したエキドナの細工

スバルが現実世界に戻った際に『嫉妬の魔女』が出現することを予測したエキドナは、スバルを救うためにペトラの白いハンカチへ細工を施した。『嫉妬の魔女』の影に呑まれ、意識が混濁するスバルを白い光で救う。影の浸食から時間を稼ぐと同時に白いハンカチは光の短剣へ変化。意識を影に呑まれて『死に戻り』も叶わないという、迎えてはならない敗北を逃れることができた。

5周目

12巻41～233P

繰り返される惨劇、そして明かされる目的

『死に戻り』したスバルは、影に呑まれた際に得た記憶を頼りに森の奥の建物へ向かう。そこでスバルはリューズと瓜二つの少女――リューズ・メイエルを内包した魔水晶を発見。訪れたビルマの口から、この土地がエキドナの探求した不老不死理論の実験場であり、自身はメイエルの複製体だと明かされる。さらにスバルには複製体への指揮権を持つ『強欲の使徒』の資格があると判明し、ガーフィールも同様の資格を持つと発覚。新たな情報を得ながらエミリアに手紙を残してロズワール邸へ帰還する。レムやペトラをフレデリカに託し、アーラム村に避難させたスバルはベアトリスも

5周目 Point.1

『強欲の使徒』とリューズ・メイエルの複製体の関係

『強欲の使徒』とは、魔女エキドナの走狗だと語ったリューズ。リューズ・メイエルの複製体への指揮権を持ち、見回りなどの作業はもちろん自爆攻撃や自身の盾となるような命令まで可能となる。スバルは魔女の茶会に招かれ、ドナ茶――エキドナの出したお茶を飲んだことで資格を得た。ガーフィールも資格を有しているのは、かつて『試練』に挑んで失敗した過去があるため。

連れ出そうとするが、頑なに拒絶。ベアトリスが抱える『叡智の書』を奪い取ると、未来を示すはずの書が白紙であることを知る。いずれ来る『その人』に書庫を渡すために四百年司書をしていたと、自分の運命はとうに終わっていると自嘲したベアトリスがスバルに自身を殺すよう懇願するも、禁書庫をエルザが、アーラム村を『魔獣使い』メイリィが急襲。ベアトリスは負傷したスバルを最期の力で『聖域』に転移させる。だが『聖域』には大雪が降り積もっていた。二日目に雪が降るはずがないと呆然とするスバル。さらにエミリアはスバルが無断で『聖域』を去ったと思い込み、心の均衡を失っていた。雪がロズワールの魔法だと推測したスバルはガーフィールと彼の下へ赴く。ラムもろともガーフィールを殺したロズワールはスバル

5周目 Point.2
ベアトリスの陰魔法『扉渡り』の弱点と攻略法

ベアトリスの禁書庫は『扉渡り』によって入り口がロズワール邸内の扉とランダムにつながるため、入室は非常に困難。しかしエルザは「閉じた扉を対象にした陰魔法」である点を突き、屋敷中の扉を全て開け放つことで禁書庫につながる扉を絞り込んで『扉渡り』を攻略した。以前のループでスバルが目撃した扉が開け放たれていた光景もこのためだが、攻略法をエルザに教えたのは……。

に『叡智の書』を見せ、大雪が自身の齎したものだと肯定。目的を果たすために書の記述に従った行動だと告げる。さらに彼は『叡智の書』の記述からスバルの『やり直し』に気づき、それを利用して自らの悲願を叶えようとしていた。このループを諦めたロズワールは魔力に惹かれて現れた大兎に喰い殺される。ボロボロのスバルは滅びゆく『聖域』の墓所で心の均衡を崩したエミリアに膝枕されながら死を迎え入れる。――初めての口付けは、冷たい『死』の味がした。

6周目

12巻234〜15巻258P

エキドナとの再会 四百年前の悪夢の再現

スバルは『試練』で疲弊したエミリアを帰すと、ロズワールの下を訪ねずに墓所へ戻った。その目的はエ

6周目 Point.1

白鯨以上に厄介？『聖域』を襲う魔獣 大兎の習性

『暴食の魔女』ダフネが生み出した大兎は、一匹からでも無限に分裂・増殖しながら、周囲にあるものを喰らい尽くす習性を持つ。その欲求の源にあるのはダフネ譲りの強烈な食欲のみで、全てを喰らい、周囲に何もなくなってしまえば共食いを始めるほど。また大きなマナに惹かれる性質を持ち、ロズワールが一帯に大雪を降らせる強力な魔法を使ったため『聖域』に大兎が現れることとなった。

キドナに会い、袋小路に陥った現状打破の手がかりを得ること。しかし始まったのは第二の『試練』。自分が死んだ後の世界の続き——残された仲間たちが悲しむ姿を見せつけられ、絶望に沈む。突如レムが現れてスバルを慰めるが、彼女の正体はエキドナが差し向けた『色欲の魔女』カーミラだった。エキドナは改めてスバルを茶会に招き、スバルへ契約を持ちかける。契約に待ったをかけるミネルヴァや『怠惰の魔女』セクメト、テュフォン、ダフネまで乱入する中、自らの思いを謳うエキドナ。エキドナが人知を超えた怪物であると悟り、ベアトリスまでエキドナの好奇心のせいで四百年の苦しみに囚われたことを知ると、彼女との契約を拒絶。そのとき、魔女たちの茶会に七人目——『嫉妬の魔女』が現れる。

（142Pに続く）

6 周目 Point.2

第二の『試練』——スバルが目を背けてきた可能性の世界

第二の『試練』でスバルは自身の記憶から再現された「ありうべからざる今」——自分が死んだ後の世界に直面する。さまざまな経緯で死んだスバルに対しある者は嘆き、ある者は怒り……。自分が死んだ後の世界が存在し、自分は新しい世界でやり直しているにも拘わらず、守りたかったはずの人々に死後の世界で大きな心の傷を与えたかもしれないという絶望はスバルの心を押し潰した。

〖13～15巻〗

第四章 追懐のクレマルディの聖域編2

進む道を見定めたスバル最後の大勝負が始まる

ループを繰り返したスバルはついに一連の事件の首謀者がロズワールだと知る。彼は未来を記述する『叡智の書』に従ってスバルを追い詰め、どんな犠牲を払っても愛するエミリアただ一人に尽くす者となるよう導いていたのだ。だがオットーとスバルの友情、ガーフィールとの激突、エミリアの成長――ささやかな変化が大きなうねりを起こし、書の記述を越えていく。スバルは仲間たちと協力し、危機が迫る『聖域』と屋敷の全てを救うために走り出す。

〖15巻〗
2017年12月25日
定価：本体640円（税別）

〖14巻〗
2017年9月25日
定価：本体640円（税別）

〖13巻〗
2017年6月24日
定価：本体640円（税別）

Mission

3

ロズワールとの賭けに勝利し、大切なもの全てを守り抜く。

4

三大魔獣の大兎を倒し『聖域』を救う。

周回タイムライン

第四章 6周目

142Pへ

- サテラと会話。彼女を救うと宣言。
- 現実世界へ。『試練』に挑む資格を失う。
- ロズワールがエルザの雇い主だと判明。
- オットーに殴られ、再起するスバル。ロズワールに宣戦布告、賭けをする。
- アルマから『聖域』の話を聞く。
- エミリアの過去を聞いたスバル。
- パックと相談。エミリアとの契約を破棄することで、エミリアが記憶を取り戻す。
- スバルが墓所の壁にラブレターを刻んでいる内に、エミリアは行方不明に。
- 墓所でエミリアに告白し口付け。
- ガーフィールを倒し、ラムが彼を説得。
- 過去を乗り越えたガーフィールが仲間になり、エミリアが『試練』に挑む。
- シーマから『聖域』の成り立ちを聞く。
- ロズワールに降伏勧告するが、交渉決裂。
- スバルはオットーとガーフィールと一緒に、ロズワール邸に向かう。

▶ラム
パックと協力してロズワールと対峙する。

屋敷に到着。エルザをガーフィールに任せ、
スバルはベアトリスの下へ。

説得は失敗し、オットーたちと合流。

フレデリカにメィリィを任せ、
スバルたちはギルティラウを倒す。

▶エミリア
ありうべからざる今、いずれきたる
災厄と向き合い『試練』クリア。

▶ガーフィール
エルザとの死闘の末、辛勝する。

▶ラム
ロズワールの『叡知の書』を燃やす。

▶エミリア
シーマが結界の核となる魔水晶の
術式を解くのを見届ける。

スバルは諦めずに言葉を重ね、
ついにベアトリスと契約を結ぶ。

『聖域』へ向かう。
ベアトリスと一緒に大兎を別次元に飛ばす。

スバルはエミリアの一の騎士に。

True End　第五章へ

第四章 周回の書2

6周目
12巻234～15巻258P

ロズワールと交わされるSTRAIGHT BET

茶会に現れたサテラは、拒絶心を剥き出しにするスバルに「もっと、自分を愛して」と告げる。魔女たちに諭されたスバルは、レムを救えなかった後悔、死にたくないという本音、自分も仲間たちに必要とされていること――再び立ち上がる力を取り戻す。魔女たちに見送られてスバルは現実に帰還。早速事態を打破すべくロズワールと話すも、エルザの襲撃がロズワールの策だと知らされる。袋小路に陥るスバルはオットーに殴られ、友人――仲間たちの手を取り絶望的状況を

6周目 Point.3

『嫉妬の魔女』とサテラは異なる人格？

他の魔女を全て呑み込んだ伝説のある『嫉妬の魔女』。しかしサテラは二重人格であり、適性のない魔女因子を取り込んだことで『嫉妬の魔女』としての人格が芽生えたとエキドナは語る。エキドナを除く魔女たちにサテラ自身は悪く思われていないようだ。

越えることを選択。『聖域』と屋敷の両方を救ったらロズワールが書を捨てエミリアに協力する賭けを持ちかけ、最後の挑戦が幕を開ける。スバルに託して契約を解き、エミリアに過去の記憶を取り戻させるパック。不安に支配されたエミリアは姿をくらましてしまうが、勝算度外視でガーフィールの足止めを買って出たオットーを信じ、スバルは墓所でエミリアを発見。弱り切ったエミリアは結界を解く約束を守れない自分自身へ、朝まで手を握っている約束を破ったスバルへ感情をぶつける。それでも彼女を好きでい続ける、信じると訴えるスバル。大事なのは最初でも途中でもなく最後。エミリアに自分の想いを伝え、口付けを交わした。

墓所を出たスバルを待ち構えるのは、オットーとラムの奮闘により満身創痍となったガーフィールだった。

6周目 Point.4
勝算度外視の大勝負 友人のために立ち上がるオットー

ロズワールがエルザたちを屋敷へ差し向けていたと知り、八方塞がりになったスバルへ手を差し伸べたオットー。行商人として勝算度外視の大勝負に乗ったのは、友人であるスバルがオットーを頼ってくれたから。かつてペテルギウスら魔女教に捕らわれたオットーを救った「大将の坊主」――スバルへの恩を返すため、実力差を承知の上でガーフィールの足止め役を買って出た。

彼は幸せを求め外に出た母が崖崩れに巻き込まれた過去を『試練』で知り、自らが『聖域』を守る結界になるのだと悲痛な叫びを放つ。スバルはゲートを失いながらもシャマクを使用、パックが宿った輝石でガーフィールの獣化を解き、『見えざる手』を発動させる。ガーフィールへ立ち止まらないことの大切さを伝え、最終的にはパトラッシュの力を借りて辛勝した。

スバルから勇気を得たエミリアは自らの過去に挑む

ガーフィールが『試練』を乗り越えるのを見届けたエミリアは自らも墓所へ。墓所の壁にスバルが書き込んでいたラブレターに勇気づけられ、エキドナに導かれながら第一の『試練』――己の過去と相対する。百年前、幼いエミリアはエリオール大森林で叔母・フォルトナや魔女教司教・ジュースらと穏やかな日々を過ごしていた。だがレグルスとパンドラ、三大魔獣・黒蛇の襲撃で日常は崩壊。彼らの目的は森の奥にある『封印』とその鍵となるエミリア。必死に抗うがパン

6周目 Point.5

エキドナに見出され『聖域』の礎となったリューズ・メイエル

リューズのオリジナルであるリューズ・メイエルは四百年前、『聖域』と呼ばれる前のクレマルディの森で生活していたハーフエルフの少女である。エキドナは彼女を核にした術式で結界を張り、自分を狙う『憂鬱の魔人』ヘクトールへの対抗手段とした。リューズとベアトリスは特に親しい関係にあったが、友情を確かめる前に別れることとなり、癒えない心の傷をベアトリスに残した。

ドラの権能で誤ってフォルトナを殺め、正気を失うジュース。惨劇を目の当たりにした幼いエミリアはマナを暴走させ森ごと自分を凍てつかせ、長い眠りについた。過去を見届け、育ての母の愛を知ったエミリアは改めて故郷を救うことを誓い、『試練』をクリア。

一方、スバルたちはリューズ・シーマから『聖域』の本来の役割とベアトリスの辿った過去を聞かされる。その後スバルはガーフィールとオットーと共に屋敷へ向かうのだった。それを見送ったラムは、計画の仕上げにかかるロズワールへと、パックと共に戦いを挑む。彼を魔女の妄執から奪い取るために。

屋敷と『聖域』
それぞれの死闘の末に

フレデリカを救うため屋敷を進むペトラの下に、スバルとオットーが到着する。メィリィが解き放った魔

6 周目
Point.6

スバルを追い込むため何重にも用意されたロズワールの策略

ロズワールはスバルを追い詰めるために幾重もの策を用意していた。エミリアを『聖域』に閉じ込めてクリア不可能な『試練』に挑ませる。エルザを雇い屋敷を襲撃させる。『聖域』に魔法で大雪を降らせ、大兎を誘導する。加えて『聖域』に行く前にエミリアとパックの契約に干渉し、パックの行動も封じていた。全てはスバルを自身と同じ、ただ一人の愛する人へ尽くす人間に育てるため。

獣・ギルティラウを倒すため撒いた油と炎が屋敷を炎上させる中、レムをオットーに託したスバルはベアトリスの下へ急ぐ。一方、フレデリカとガーフィールは暗殺者姉妹との決戦へ。フレデリカがメイリィを捕らえ、エルザの再生力に苦戦したガーフィールも紙一重で勝利を収めた。

『聖域』ではエミリアが『試練』に挑み続ける。第二の『試練』・フォルトナとジュースと幸せに過ごす『ありうべからざる今』。第三の『試練』・『いずれきたる災厄』をクリアし、結界の解除に成功した。パックと共にロズワールに挑むラムは自身の愛を訴え、隙を突いて『叡智の書』を奪取。妄執の源を焼き払うも、激情のまま放たれたロズワールの炎を身に浴びた。

――『聖域』は豪雪に見舞われ、大兎が襲来する。

炎上する屋敷に残り、ベアトリスを連れ出そうとするスバル。自分はベアトリスがエキドナと約束して待ち続けた『その人』ではない、それでも自分を選べと言い放つ。心を動かされた

6周目 Point.7

想いは変わる――復讐心は恋心へ ラムが仕掛けた大勝負

故郷の村を焼き滅ぼした憎しみの対象、それがラムにとって最初のロズワールへの想いだった。しかし想いは変わり――身を焦がすほどの恋心となっていた。それは、想いは不変だと信じ、四百年エキドナを一途に想い続けたロズワールとは相容れない移ろい。スバルやエミリアの奮闘によりロズワールの心が揺れる今こそが千載一遇の好機だと読み、魔女の妄執から奪い取るための大勝負に出た。

ベアトリスはスバルの手を取り、契約を結んだ二人は『聖域』へ。エミリアと協力して大兎を陰魔法で異次元に消し去り、死闘に終止符を打った。

エピローグ
15巻259～323P

スバルは念願のエミリアの一の騎士に

陣営全員での話し合いを前に、ベアトリスに対し墓所最奥にあるエキドナの亡骸の前で自らが四百年前から魂を継いでいると明かすロズワール。ベアトリスは彼を「おかえりなさい」と迎え入れる。そして時は過ぎ――騎士叙勲式。スバルは正式なエミリアの一の騎士になるのだった。

6周目 Point.8

戦いは終わり反省するロズワールと集合するエミリア陣営

エミリア、スバル、ベアトリス、ラムとレム、フレデリカとペトラ、ガーフィール、リューズ、そしてオットー。エミリア陣営の主要メンバーが『聖域』に集い、事件の元凶であるロズワールに『ケジメ』をつけさせた。ロズワールは自身の身に、スバルたちを裏切ると身を焼くという『誓約の呪印』を刻む。そしてエミリアの指摘で「ごめんなさい」することで、事件は一段落を迎えた。

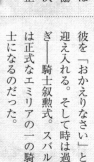

物語を取り巻く主な人々

菜月・賢一

スバルの父親。テンションが高く、何かにつけて豪快だが他者に不快感を与えない人物。一歩外に出れば町民から代わる代わる声をかけられる人気者。女性からも人気があり、アドレス帳には女子高生のアドレスが三桁近くあるらしい。スバルにとって憧れの父親であり、同時に『この人の息子』であることが大きなプレッシャーとなってしまっていた。スバルと違いTPOを弁えており、大人としての礼節を備えている。

菜月・菜穂子

スバルの母親。グリンピース嫌い改善のために山盛りグリンピースを用意する、会話が繋がらないなど天然な節のある温厚な女性。スバルの目つきの悪さは菜穂子譲り。スバルが賢一の背中を追い無茶し続けていたことを知っていたが、自身が関わり悪化することを懸念して見守っていた。別れを覚悟したスバルを「いってらっしゃい」と見送る。菜月家は重度のマヨラーであり、それぞれ専用のマヨネーズがあるほど。

ロズワール・A・メイザース

四百年前にエキドナに師事し、リューズ・メイエルやベアトリスと交流があった少年。発魔期にあった自身を救ってくれたエキドナへ好意を抱く。弱冠十六歳で六属性の魔法を操り、人類に到達できる魔導の最高位を得た俊英。エキドナの不老不死理論を見直し、器としての親和性が高い自らの子孫に魂を移すことで『魂の転写』を成功させた。三十代で死去し次代へ移っている。

オメガ

リューズの複製体、シーマの肉体を支配したことで外界に解き放たれた『強欲の魔女』エキドナ。スバルの記憶を基に『最後』を意味するオメガを名乗っている。墓所にシーマが侵入した際に自らの魂の一部を植え付け、徐々に体の支配を進めることでエキドナは魂の転写に成功し、世界を歩き回る自由を手に入れた。輝石の中に五人の魔女の魂を籠め、四百年ぶりの世界を、知識欲を満たすために自由気ままに行動している。現在は北方のグステコ聖王国方面におり、コレットとパルミラという旅の仲間もできた。肉体はマナでできた複製体なので非常に貧弱。

ギルティラウ／影獅子

ねじくれた角を生やした獅子の頭部を持ち、馬に似た胴体に大蛇に酷似した尾が生えている。森の漆黒の王と呼ばれる凶悪な魔獣で、用

意した『魔獣除け』の結晶石の影響も受けなかった。狩りは生き甲斐で、逃げる獲物を爪で捕らえ、牙にかけ、その命を啜り腹を満たすことに無上の喜びを覚える。巨躯に反して身軽で、音も立てずに疾走、獲物を追い詰める。しかし『今一歩のギルティラウ』という言葉も存在しており、ラムから「間抜け」と、パックから「そこそこ強いんだけど、なんか色々残念だから適当にあしらえる」と評された。

ワッグピッグ／岩豚

岩を思わせる色と質感の肌で、石臼のように太く頑健な四肢を持つ巨大な魔獣。スバルの知識では巨大なカバに似ている。メィリィからは「岩豚ちゃん」と呼ばれていた。

ロズワール邸の戦いでは巨躯をいかして暴れまわるが、死体をガーフィールに利用され、エルザを押し潰した。

黒翼鼠

子犬ほどもある丸い体に赤い瞳と黒い羽を持つ魔獣。飛行し、鋭い牙で攻撃する。

蛙型の魔獣

体にある黒い斑点が特徴的な凶悪な魔獣。メィリィが従えていた。

双頭蛇

胴体から二つに分かれた頭を持つ蛇のような姿の魔獣。獰猛で猛毒を有している。

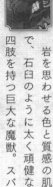

Keyword Explanation

キーワード解説

Keyword Explanation

9 叡知の書

本当の未来を示す魔書。エキドナが創り出した「自身の権能の不完全な複製品」であり、世界に二冊しか存在していなかった。一冊はベアトリスが、もう一冊はロズワールが所有していたがどちらも焼失する。魔女教徒の持つ『福音書』はこの『叡智の書』の劣化品だとロズワールは語った。

10 大兎

「あの子がいればぁ、誰もお腹が減ったりせずに済みますしぃ」という理由で、『暴食の魔女』ダフネが生み出した三大魔獣の一体。多兎が転じて大兎。無限に分裂する特性を持ち、マナを頼りに獲物を探し喰らい尽くす。一つの意識を群体で共有しており、一度に全て倒さなければまた増殖してしまう。

徹底ガイド

クレマルディの聖域

亜人たちが暮らす『強欲の魔女』の墓所

『混じり』たちの暮らす集落。クレマルディの迷い森の中にあり、部外者が侵入を試みると、特殊な結界が発動し道を誤らせる。スバルたちはフレデリカの託した輝石を持っていたため迷わず『聖域』へ入ることができた。

『強欲の魔女』の実験場

『聖域』の実態は、『強欲の魔女』エキドナが不老不死理論の実験場という体で作った『憂鬱の魔人』ヘクトール襲撃に対抗するための場所。襲撃の際に、リューズ・メイエルを核とした結界が張られた。それには『混じり』の魂を弾く効果があり、ヘクトールを退けることはできたが、『混じり』は外に出られなくなった。結界を解くには、『試練』を突破し、墓所全体を覆う術式を壊し、

挑戦者に課す三つの試練

試練1 まずは己の過去と向き合え

『試練』を受ける者の記憶を元に限りなく忠実に再現された虚構の世界で、自分が一番後悔している過去と向き合い、自分なりの答えを導き出し、過去を乗り越えることで試練は達成される。

試練2 ありうべからざる今を見ろ

挑戦者の記憶から過去・現在・未来の情報を組み立て、架空の『今』を再現された世界で、本来いるべき世界の己を知り、認め、受け入れることで試練は達成される。

試練3 いずれきたる災厄に向き合え

『試練』を受ける者が、いずれ直面する可能性のある未来――多くの悲劇と厄災を見る。その中でも未来に向かう意志を示すことで試練は達成される。

第五章へと繋がる物語

第五章で描かれるヴィルヘルムのテレシアへの想い。二人の過去を知ることで、ヴィルヘルムの気持ちがより深く理解できる。

【Re：ゼロから始める異世界生活Ex2 剣鬼恋歌】

2015年12月25日 発売
定価：本体640円（税別）

【Re：ゼロから始める異世界生活Ex3 剣鬼恋譚】

2018年6月25日 発売
定価：本体640円（税別）

剣鬼恋譚

Re：ゼロから始める異世界生活Ex3

Story

『剣鬼』と『剣聖』の恋と結婚

Re：ゼロから始める異世界生活Ex2／Ex3

人間と亜人族によるルグニカ王国の内戦『亜人戦争』。その最中、軍に加入した若き日のヴィルヘルムは、ただ一振りの剣として腕を磨くことだけを求めていた。敵の屍を積み重ね『剣鬼』の異名を得たヴィルヘルムは、ある日花を愛する少女・テレシアと出会い、花畑で顔を合わせる内に徐々に惹かれていく。そんな折、故郷の危機を知ったヴィルヘルムは単身戦場に赴く。窮地に陥った彼を救ったのは今代の『剣聖』テレシアだった。事実を隠していたテレシアに激昂したヴィルヘルムは軍を脱走、二人は決別する。時は流れて『剣聖』の功績で戦争は終結。その記念式典に現れたヴィルヘルムはテレシアに挑み、『剣聖』をも上回る力を示すことで彼女から剣を奪う。そんな不器用なヴィルヘルムの愛の告白にテレシアも彼の想いを受け入れ、二人は口づけを交わすのだった。（剣鬼恋歌）

テレシアに剣を捨てさせることに成功したヴィルヘルムだったが、王国が彼女をなお軍役につかせる可能性があることを知るや、国王に軍の精兵たちを単独で上回る力を示して彼女の除籍を嘆願する。しかしその実、国王はテレシアを『剣聖』の役割から解放すべきと考えており、二人の結婚をその条件とした。かくてヴィルヘルムはテレシアとの結婚を決意する。（その後の二人）

結婚式が迫る中、娘であるテレシアを溺愛する父ベルトールの画策でヴィルヘルムは巡察に向かうこととなる。幾多のトラブルに見舞われるも、仲間の協力によりヴィルヘルムは結婚式開始直前に帰還。その結果にベルトールも二人の結婚を認めるほかなく、ヴィルヘルムとテレシアは愛の誓いを交わすのだった。（婚礼の日）

Title

ピックタットの銀華乱舞

新婚のテレシアは、子離れできないベルトールに不満を抱えていた。新婚旅行へと出発したヴィルヘルムたちだったが、なんと旅行先にはベルトールが先回りしていた。テレシアは怒りを露わにするも、母への贈り物を一緒に選びたいと言われ、商会へ向かう。ヴィルヘルムらが席を外した後、ヴォラキア帝国貴族風の男・ストライドが現れ、テレシアを侮辱する。ベルトールは決闘を申し込むが、男は病身を理由にヴォラキア帝国最強と名高い『八つ腕』のクルガンを代理に立てた。ヴィルヘルムまで侮辱されたベルトールの激昂により決闘が開始されるも、ベルトールは敗れて重傷を負う。

全てはストライドが『剣聖』を狙って仕組んだ罠だったのだ。さらには、ストライドの持つ呪具によってベルトールは命を蝕まれていた。決意を固めたテレシアはヴィルヘルムと共にストライドが指定した大橋に出向き、ストライドに決闘を申し込む。双方の代理人として『剣鬼』と『八つ腕』が邂逅し、銀華乱舞の火蓋は切られた。長い戦いの末にヴィルヘルムが勝利し、呪具を破壊したことでベルトールは一命を取り留めるも、後遺症として右腕が不自由になってしまう。しかしベルトールはテレシアが責任を感じないようそれを隠し、ヴィルヘルムには復讐よりも、家族として娘を幸せにすることを誓わせる。その偉大な姿に、ヴィルヘルムはベルトールを剣士として尊敬するようになった。

Title

幕間の恋人たち

それは『剣鬼』と『剣聖』の華やかな物語の幕間劇。『亜人戦争』で屍兵と化した友人を斬ったことで、ツェルゲフ隊の兵士・グリムは憔悴し切っていた。戦場に出てきたことを後悔していた彼は、勇気ある行いだったと声をかけてくれたキャロルに心を救われ、恋に落ちる。グリムはキャロルから盾の使い方を学ぶことになり、いつしか二人の距離は縮まり、やがて恋人に。月日は流れ、テレシアとヴィルヘルムの結婚式。式の終わりにテレシアは黄色い花束をキャロルに投げ渡し、グリムはそれを高く掲げる。参列者たちの祝福に包まれ、グリムはキャロルを幸せにすると誓った。

関連人物紹介

『剣鬼』ヴィルヘルム・トリアス

ツェルゲフ隊の兵士。鬼気迫る剣才から『剣鬼』と呼ばれる。大切なものを守るために剣の腕を磨き、『剣聖』テレシアを娶った。

『剣聖』テレシア・ヴァン・アストレア

『亜人戦争』時代の『剣聖』。戦争終結後にヴィルヘルムと結ばれ、『剣聖』としてではない、一人の女性としての人生を手に入れた。

キャロル・レメンディス

テレシアの忠実な従者。ロズワール・J・メイザースの専属護衛としてツェルゲフ隊に同行し、『亜人戦争』を戦った。

グリム・ファウゼン

ツェルゲフ隊の兵士。盾の扱いに長けており、危機察知能力が高い。戦争で喉を負傷し声を失うが筆談で意思疎通ができる。

コンウッド・メラハウ

ツェルゲフ隊の兵士。戦闘の才は無いが立ち回りが上手く目端が利くので重宝されている。

アストレア家当主
ベルトール・アストレア

テレシアの父親。娘を溺愛し、子離れできない。剣の才は無いが誇り高き気概を持つ。

ティシュア・アストレア

テレシアの母親。小心者で狭量な夫に呆れつつも、その実可愛くて仕方がない。

ジオニス・ルグニカ

ルグニカ王国国王。愛し合う二人のためにテレシアの軍属を解いた。人柄が良く懐が深い。その王の器に触れた者は、王国に剣を捧げる気になるほどのカリスマ性を持つ。

『破滅願望』
ストライド・ヴォラキア

ヴォラキア帝国貴族風の男。体は病弱だが知略に長け、『剣聖』を狙ってベルトールを罠に嵌める。数ある呪具の一つ『朱色の小指』でベルトールの命を蝕んだが、クルガンがヴィルヘルムに敗れたことで撤退した。

『八つ腕』
クルガン

ヴォラキア帝国最強と名高い多腕族の戦士。ストライドの代理人として決闘に挑む。強き血を継がせるためテレシアを欲するが、ヴィルヘルムに敗北し、二本の腕を失った。

第五章を読み解くポイント

1 剣を振る理由

望まぬ戦場から彼女を解放するため、テレシアを上回る力を見せることで剣を捨てさせたヴィルヘルム。しかし、第五章では捨てたはずの剣を持ったテレシアが屍兵となり彼の前に現れる。愛する妻の魂を救うため、ヴィルヘルムは再び彼女と対峙するが――。

2 言えなかった言葉

不器用なヴィルヘルムは、生前のテレシアに自分の気持ちを言葉で伝えられていなかった。『大征伐』に赴くテレシアと、帰ってきたらきちんと言葉にすることを約束したが、彼女は戦死してしまう。以降、ヴィルヘルムはその後悔を胸に秘めて生きてきた。

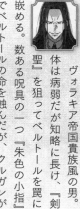

【16～18巻】

第五章 決戦の水門都市プリステラ編1

水門都市を襲う大罪司教 新たなループが始まる

『聖域』での死闘から一年後。スバルたちがアナスタシアの招待を受けて向かったのは風光明媚な水門都市プリステラ。街の『歌姫』となっていた吟遊詩人のリリアナや、同じくプリステラに集った他の王選候補陣営と再会し、旧交を温めるスバル。だが平穏は突如として現れた魔女教の大罪司教によって破られる。エミリアは連れ去られ、プリステラは未曾有の危機に陥ってしまう。街を、エミリアを救うため、仲間と共にスバルの新たな戦いが幕を開ける。

〖18巻〗
2018年12月25日
定価：本体640円（税別）

〖17巻〗
2018年9月25日
定価：本体640円（税別）

〖16巻〗
2018年3月24日
定価：本体640円（税別）

Mission

1

短期間で連続する死のループを抜け出す。

2

『色欲』のカペラから都市庁舎を奪還する。

周回タイムライン

第五章 1周目

164Pへ

『聖域』解放から一年後、アナスタシアから招待を受けて水門都市プリステラへ。

エミリアが求める魔晶石を持つミューズ商会に行くため、竜船で移動。

船酔いでダウンし、ベアトリスと一緒に竜船を降りる。

再会したリリアナとミューズ商会へ。

宿でフェルト陣営、クルシュ陣営と再会。

▶ガーフィール&ミミ

ガーフィールはフレドを助け、自分の母と瓜二つの女性リアラと出会う。

翌日。朝食中にプリシラ陣営が乱入。

SAVE リリアナに頼まれてお菓子を買いに行く。

広場で『憤怒』のシリウスと遭遇し死亡。

第五章 2~3周目

166Pへ

LOAD シリウスに人質にされた少年を助けようとするが、シリウスに殺される。

LOAD 呼び出したラインハルトがシリウスを斬ると、権能の力でスバルも両断され死亡。

第五章　4周目

167Pへ

LOAD

ベアトリスを連れて広場に。
エミリアが追いかけてくる。シリウスと戦う。

↓

『強欲』のレグルスが現れ
エミリアを連れ去る。シリウスも退却。

▶ガーフィール&ミミ

リアラの家族を探すため都市庁舎へ。
黒装束の女剣士にミミが斬られ、
治療のためスバルの所に。

↓

クルシュたちと、都市庁舎を奪還しに行く。
屋上に『暴食』のロイが現れる。

↓

カペラから、スバルとクルシュが
龍の血の呪いを受ける。

↓

水門が開き濁流に流される。

↓

プリシラとリリアナに助けられる。

↓

ユリウスと合流。対策本部の都市庁舎に。

↓

アルからエミリアの情報を聞く。

↓

放送で住民たちを勇気付ける。

↓

制御塔四ヶ所同時攻略作戦が開始。

↓

Continue　174Pへ続く

第五章 周回の書1

1周目 16巻11〜319P

アナスタシアからの招待 いざ風光明媚な水門都市へ

『聖域』の死闘から一年が経過し、スバルたちは変化と成長を遂げていた。クリンドに師事したスバルは己自身を鍛え上げ、契約を結んだベアトリスとの親愛を深めていく。ガーフィールとオットーが陣営に参入し、ロズワールも『聖域』の一件でしこりは残ったものの、エミリアが王選で有利になるよう精力的に動く。エミリアも王選候補者としての資質を高めており、変わらないのは眠り続けるレムだけであった。そんなある日、アナスタシア陣営から、ヨシュアとミミが使者として

1周目 Point.1

万能執事クリンドに鍛え上げられたスバルの一年

一年間、スバルはミロード家の家令・クリンドに師事し、鍛錬の仕方、武器としての鞭の扱い、騎士としての作法、足音を消す方法などありとあらゆることを仕込まれた。その傍ら、日々の出来事を眠り続けるレムに毎晩話して聞かせるのがスバルの日課になっている。

エミリアに会いにくる。その目的は水門都市プリステラへの招待だった。そこにはパックを呼び戻すために必要な高純度の魔晶石があるという。エミリアは招待を受け、スバル、ベアトリス、オットー、ガーフィールと共にプリステラへ。アナスタシアから情報を得て、魔晶石の持ち主であるキリタカの商会へ交渉に向かうも、スバルが竜船に船酔いしてダウン。スバルは船を降り、ベアトリスと共に徒歩で進む道中で吟遊詩人のリリアナと再会する。事情を知ったリリアナが商会での交渉に乱入し、キリタカに直談判。しかしスバルとリリアナの親しげな様子を見たキリタカが逆上し、交渉は決裂に終わる。

水の羽衣亭に戻ったスバルは王選候補者たちと再会

アナスタシアはフェルトとクルシュも招いており、各陣営の面々が水の羽衣亭

1周目 Point.2

一年が経過し形勢が変わりつつある王選候補者たちの状況

白鯨と『怠惰』討伐の立役者を擁するエミリア陣営。隣国との関係の不安に揺れる周辺有力者を味方につけ、地域に活力を取り戻したプリシラ陣営。在野の有能な人物を取り立て周辺地域に隆盛を齎しつつあるフェルト陣営。三人の候補者が名を上げる一方、『暴食』に記憶を奪われ精彩を欠くクルシュは苦しい立場に。経済力を武器に安定した強さを見せるアナスタシ陣営は依然として有力候補である。

に集う。アナスタシアにカララギ式のもてなしを受け、平穏な時間の中でヴィルヘルムとラインハルトの関係が修復されようとした矢先、ハインケルとプリシラが乱入して全てをぶち壊した。

キリタカとの再交渉をオットーに任せ、スバル、エミリア、ベアトリスは公園へ。そこでリリアナの歌に合わせて舞を披露するプリシラと遭遇。スバルが菓子を買いにその場を離れると、帰り道で刻限塔に魔女教大罪司教『憤怒』担当のシリウスが出現。彼女が連れる人質の少年の勇気を熱狂的に称えていると、塔の上から投げられた少年と同時にスバルは『転落死』した。

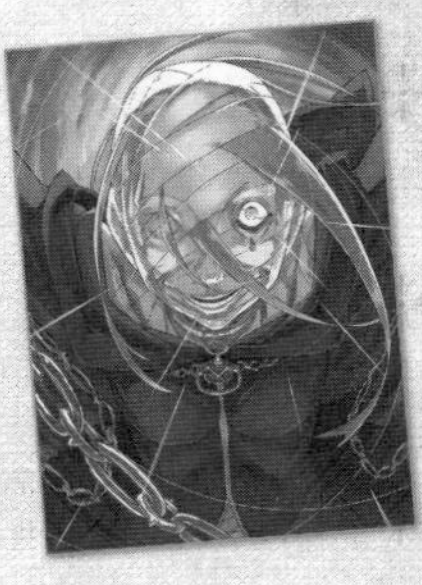

2~3周目

16巻320～17巻54P

短期間で連続する死 『憤怒』の大罪司教の謎

スバルは公園を離れる時

4周目 Point.1

大罪司教の標 未来を記すと言われる『福音書』の記述

『憤怒』の大罪司教シリウスと『強欲』の大罪司教レグルス。他の大罪司教も含め、一見無秩序に見える彼らが同時にプリステラに集ったのは、『福音書』の記述によるものだ。限りなく身勝手で独善的、仲間意識もなく、自分の欲望に忠実な大罪司教だが、『福音書』の記述には従っている模様。魔女教徒が持ち、所有者の未来を記すと言われる『福音書』だが、その実態は謎に包まれている。

点に『死に戻り』していた。ループ地点から死までの時間のなさに愕然としつつも、少年を助けるためにスバルは一人刻限塔へ向かうが、返り討ちに。次のループではラインハルトがシリウスを両断するが、同時に周囲の人々の体も両断され、スバルは三度絶命する。

4周目

17巻55〜20巻214P

シリウスの権能の正体『強欲』の大罪司教襲来

『死に戻り』したスバルはシリウスの権能は周囲の人間の感情と感覚を強制的に共有させ、魂を汚染する『洗魂』だと分析。ベアトリスとエミリアの助力を得て再度刻限塔へ急ぐ。シリウスはエミリアとベアトリスの存在に気付くや激昂し、エミリアを口汚くを罵りながら襲いかかる。エミリアが窮地に追い込まれたとき、命を救ったのは二人目の魔女教大罪司教──『強欲』担当のレグルスだった。エミリアを七十九番目の妻にすると宣言したレグルスは、一切の攻撃を寄せ付けずに、

4周目 Point.2

『インビジブル・プロヴィデンス』にペテルギウスを見る

ペテルギウスを討伐した際、『怠惰』の魔女因子を継承したことでスバルに宿った力──『インビジブル・プロヴィデンス』、またの名を『見えざる手』。不可視の魔手による一撃を放つスバルの奥の手。レグルスにエミリアを奪われる際に使用するも通用せず、代償として内臓をかき回されたばかりか、ペテルギウスがスバルに憑依しているとシリウスに誤認させる原因となった。

追いかけるスバルの右足を吹き飛ばすと、エミリアを連れて姿を消す。一方シリウスは、スバルを自分が愛するペテルギウスだと誤認して歓喜。今は『福音書』の指示を優先すると言って去るのだった。

プリステラを襲う混乱『色欲』の大罪司教の放送

シリウスが去った後、スバルや多くの負傷者を治癒したベアトリスはマナを使い果たして昏睡状態に。気絶から目覚めたスバルは、『色欲』の大罪司教――カペラがミーティアで放送を行い、街の根幹を支える『魔女の遺骨』を要求したことを知る。都市庁舎と街の水門を制御する四つの制御塔が奪われ、プリステラは魔女教の手に落ちてしまっていた。

一方、行き場の無い感情から街を彷徨っていたガーフィールと付きまとっていたミミは、カペラの放送を

4周目 Point.3

ガーフィールが助けた少年の母親は……

自分の臆病な心から逃げるようにプリステラの街を彷徨っていたガーフィール。事故から少年・フレドを救出するが、その母親のリアラは死に別れたはずの母・リーシアに瓜二つだった。彼女が十五年前の土砂災害で記憶を失ったことを聞き、ガーフィールは自分の母親であることを確信する。しかし母が築いた新しい家族や姉弟を想い、ガーフィールはその事実を言い出すことができなかった。

聞き都市庁舎に向かう。そこには黒装束の二人の剣士が待ち構えていた。驚異的な強さに撤退するも、女剣士の刺突でミミが重傷を負ってしまう。ガーフィールはスバルたちの下に戻るが、フェリスの治癒魔法でもミミの傷は塞がらない。ヴィルヘルムは、その傷を亡き妻テレシアの『死神の加護』による傷だと断定する。

都市庁舎奪還作戦
『色欲』の大罪司教に挑む

都市庁舎の人々を救い、都市の人の心を折る放送を止めるため、スバルたちは都市庁舎奪還を目指す。ガーフィール、クルシュ、ヴィルヘルム、ユリウス、リカードと共に都市庁舎を強襲するが、超常の再生力を有するカペラや男女の剣士に加え、『暴食』の大罪司教――ロイまでが現れ、事態は混迷を極めていく。カペラは自分の欲望のため、人々を蝿や竜に変異させており、卑劣な罠でクルシュは倒れ、スバルも右足を食いちぎられてしまう。二人の傷口から龍の血を混ぜたカペラは嘲笑を残しその場を去ろうとするが、自分が

4周目 Point.4

劣勢の戦いを流し去った濁流。水門を開けたのは？

都市庁舎奪還作戦に挑むも苦戦し、窮地に陥ったスバルたち。そのとき、突如としてプリステラの水門が開き濁流が一切合切を呑み込んだ。結果的に戦いは有耶無耶となり、スバルは九死に一生を得ることになる。当初は大罪司教による報復行為かと思われたが、のちに、開いた水門の制御塔はカペラの管轄であることが判明し、実行犯も目的もわからずじまいに。第三勢力の仕業か、それとも……？

変異させた黒竜の黒炎を浴びる。その直後、突如としてプリステラの水門が開放され、膨大な量の水が戦場の一切合切を流していく。黒竜がスバルとクルシュを連れ出したが、カペラの妨害によってスバルも濁流に落ちてしまうのだった。

水門の開放は一時的なもので終わり、濁流に呑まれたスバルはプリシラに拾われる。失ったはずの右足は黒い肉腫に侵蝕されながらも復活していた。街にはプリシラが亜獣と蔑称する存在が跋扈し、人々はシリウスの権能で正気を失いつつあった。都市庁舎襲撃の報復としてカペラは放送で新たに『叡智の書』『人工精霊』『銀髪の乙女との結婚式』を要求。アナスタシアらもシリウスに襲撃されたがキリタカらを殿に残して逃げ延び、放棄された都市庁舎でスバルたちと合流した。

一方、レグルスに連れ去られたエミリアは彼の脅威を感じ取り、結婚式の準備を進めるレグルスに表面上は従いつつも情報収集を開始。レグルスが使っていた対話鏡がアルと繋がり、ス

4周目 Point.5

スバルとクルシュで異なる反応を見せる龍の血の呪い

スバルはカペラとの戦いで右足を失うも、傷口から混ぜ込まれたカペラの血――カペラ曰く龍の血が混じっているらしい――によって謎の復活を遂げる。クルシュが龍の血の呪いで全身を灼熱の痛みに焼かれる一方、スバルの右足は黒い肉腫が蠢くものの痛みなどは無い。また、スバルはクルシュの呪いに触れてその一部を自分の身に引き受けることができたが、どのような影響が出るかは不明。

バルが助けにきてくれることを信じて他の大罪司教の居場所を伝えた。

スバルが届けた声 制御塔の四ヶ所同時攻略

シリウスの権能を逆手に取り、スバルは放送用のミーティアで演説を行い、不安が爆発寸前の人々の心に希望を蘇らせる。そこにフエルトを人質に取られて動けなかったラインハルトが合流。龍の血の呪いに苦しむクルシュも対面し、必ず救うと誓った。かくして制御塔の四ヶ所同時攻略の作戦が立てられる。『憤怒』攻略をプリシラとリリアナ、『色欲』攻略をヴィルヘルムとガーフィール、『暴食』攻略をユリウスとリカードが担当。スバルとラインハルトはエミリアを奪還するため『強欲』の攻略に挑む。スバルが鬨の声を上げ――水門都市プリステラ、最後の決戦が始まる。（178Pに続く）

4周目 Point.6

オットーが『叡智の書』を持ち込んだ理由とは

『聖域』で燃えたはずのロズワールの『叡智の書』。オットーはその残骸を回収し、秘密裏にプリステラの『復元師』ダーツに復元を依頼していた。その目的は、『叡智の書』の記述からロズワールの過去の『あるかもしれない謀略』を確認し、ロズワールが信用に足る人物なのかを知ること。全ては陣営の誰かが傷つかない確証を得るため、仲間との居心地の良い場所を守るためだった。

〖 18 ～ 20巻 〗

第五章 決戦の水門都市プリステラ編2

希望の火が灯ったプリステラ大罪司教との決戦に挑む

スバルたちは都市庁舎でカペラに敗戦。濁流が破壊した街に亜獣が跋扈し、シリウスの権能で恐怖と混乱に侵されたプリステラ。しかし、絶望に支配された人々の心に、スバルの弱々しくも力強い演説が希望の火を灯す。ラインハルトやプリシラも合流し、スバルたちは大罪司教が占拠する四ヶ所の制御塔同時攻略に挑む。ある者は弱き自分を乗り越えるため、ある者は愛しき亡霊を断ち斬るため、そしてスバルは――エミリアを救うため。最後の決戦が幕を開ける。

〘 19巻 〙
2019年3月27日
定価：本体640円（税別）

〘 20巻 〙
2019年6月25日
定価：本体640円（税別）

Mission

1

『強欲』のレグルスからエミリアを救出する。

2

四人の大罪司教を退けプリステラを奪還する。

周回タイムライン

第五章 4周目

178Pへ

ラインハルトと一緒に聖堂に殴り込み。

▶オットー

『叡知の書』を回収しに行く途中に『暴食』のライと遭遇。宿に置いたミーティアを取りに行く途中のフェルトたちと共闘する。

▶ガーフィール&ヴィルヘルム

ガーフィールはクルガンと、ヴィルヘルムはテレシアと戦闘開始。

▶ユリウス&リカード

『暴食』のロイと戦闘開始。

▶プリシラ&リリアナ

着替えたプリシラは、リリアナを伴い『憤怒』のシリウスと戦闘開始。

▶アナスタシア&アル

アナスタシアは、クルシュの身代わりとなり、襲ってきた『色欲』のカペラを地下空間に落とす。そこで待ち受けていたアルがカペラと戦う。

スバルたちは『強欲』のレグルスと戦う。

レグルスの『無敵』の理由を探るため、ラインハルトに様々な攻撃をしてもらう。

スバルとエミリアが連携して戦うも、『無敵』解明の糸口がみつからない。

↓

エミリアから、百八十四番がレグルスを『小さな王』と呼んだことを聞かされる。

↓

大罪司教と星の名前の符合に気付き、『無敵』の正体を推測する。

↓

レグルスの心臓が動いていないことを確認し、『無敵』の正体を看破。

↓

エミリアを聖堂に向かわせるため、スバルはレグルスを足止めする。

↓

▶エミリア

レグルスの妻たちを説得。魔法で凍らせて仮死状態に。

▶プリシラ&リリアナ

リリアナの『伝心の加護』が覚醒し、プリステラの人々の『洗魂』を解く。プリシラが陽剣でシリウスを倒し生け捕りにする。

↓

妻たちからエミリアの中へ移ったレグルスの心臓を、『見えざる手』で握り潰す。

↓

ラインハルトによりレグルスが土中へと沈められ、大量の水により死亡。

レグルスが死んだ際、魔女因子がスバルの胸の奥へと滑り込む。

↓

エミリアと一緒に妻たちを助ける。

▶ラインハルト

スバルたちと別れて、一人でヴィルヘルムの所へ向かう。

▶ユリウス&リカード

ヨシュアの『名前』と『記憶』を喰っていたロイの言動に、精神を揺さぶられるユリウスをかばい、リカードの右腕が切断される。

▶オットー

フェルトが秘密兵器のミーティアを取りに戻るまで、時間稼ぎすることに。そこにベアトリスが助けに来る。

▶フェルト

持ち帰ったミーティアの砲撃でライを倒すも、『暴食』の妹のルイが現れ逃げられてしまう。

▶アル

カペラとの戦闘中にアナスタシアとフェリスが合流。カペラは『福音書』に従い撤退。

▶プリシラ
亜獣から逃げるアルとアナスタシア、フェリスを助ける。

▶ガーフィール
フレドや避難所の人々の応援を背にクルガンに勝利する。

▶ヴィルヘルム
ラインハルトがテレシアを斬る。死ぬ直前、自我を取り戻したテレシアと愛の言葉を交わす。

↓

プリステラ奪還に成功。

↓

捕まえたシリウスと会話する。

↓

ユリウスが『名前』を喰われたと知る。

↓

大罪司教たちによる被害者を救うため、プレアデス監視塔を目指すことに。

↓

スバルは、日常を取り戻しつつある都市を見て気持ちが安らぐ。

↓

True End　第六章へ

第五章 周回の書2

4周目 17巻55～20巻214P

VS『強欲』の大罪司教 エミリアを奪還せよ

準備が整い、制御塔の隣にある聖堂で結婚式を執り行うレグルスと参列する彼の妻たち。エミリアに求婚を拒絶され激昂するレグルスだったが、彼女に攻撃を仕掛ける寸前でスバルとラインハルトが聖堂の扉を蹴破り乱入する。二人の連携でエミリアを奪い返し、レグルスとの激戦が幕を開けた。しかしラインハルトの人間離れした攻撃をもってしてもレグルスには傷一つ与えることができない。スバルの発案で、様々な攻撃で無敵の正体を探るも、全て不発に終わる。

4周目 Point.7

戦力を分散させてでも四ケ所の制御塔を同時攻略する理由

いずれかの制御塔が攻略された時点で他の制御塔にいる大罪司教が水門を開放し、今度こそプリステラを水没させる恐れがあった。敵が動かない可能性もあるが、博打に出ることはできない。ラインハルトとプリシラの合流によって、同時攻略の戦力の目処が立った。

レグルスの無敵の権能その正体は――

絶体絶命な状況下、エミリアがレグルスの妻から聞いた『小さな王』という言葉と、月に飛ばされながらもラインハルトが確かめたレグルスの心臓が動いていない事実から、スバルはレグルスの権能を『時間停止』と『心臓寄生』であると看破。レグルスの妻シルフィから心臓寄生を感じ取ったエミリア。取り除くことはできないため、やむを得ず妻全員を凍らせて仮死状態にするも、レグルスは心臓をエミリアに預け直していた。直感と、自分を信じるエミリアの後押しでスバルは『見えざる手』を発動。エミリアの中にあるレグルスの心臓を、彼が嘲るかつての仇敵と同じ力で握り潰し、ついに無敵の解除に成功する。さらにラインハルトが帰還。抵抗虚しくレグルスは一撃で沈められた。

4周目 Point.8

『小さな王』と『獅子の心臓』無敵の権能の秘密

『小さな王』という言葉から、スバルは大罪司教と現代の星の名前との符合に気付く。『レグルス』の語源は『小さな王』であり、『レグルス』の別名は『コル・レオニス』――『獅子の心臓』。そして、レグルスの体に体温を感じられないことと、ラインハルトによって心臓が動いていないと確認されたことから、スバルはレグルスの無敵が肉体の時間停止によるものだと推測した。

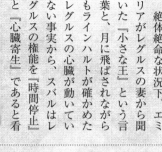

VS『暴食』の大罪司教 悪辣なる兄妹たち

　同時攻略戦の最中、『叡智の書』を回収するため街に出たオットーは、『暴食』の大罪司教、『美食家』のライ・バテンカイトスに遭遇。居合わせた『白竜の鱗』やフェルトたちと共闘する。フェルトが秘密兵器のミーティアを取りに行く間、時間稼ぎを図るオットーたち。徐々に追い詰められる中、目覚めたベアトリスが合流し、高純度の魔晶石を用いた魔法で危機を脱した。さらにフェルトが持ち帰ったミーティアでライを吹き飛ばし辛くも勝利。しかしライは『暴食』の妹を名乗るルイ・アルネブに姿を変え逃走、取り逃がしてしまう。

　一方、ユリウスとリカードは『悪食』のロイと対峙。すでにヨシュアを喰っていたロイに翻弄されるユリウス。彼を庇ったリカードは右腕を失い、ユリウスも『名前』を喰われてしまった。

VS『憤怒』の大罪司教 歌の力で『洗魂』を解く

　プリシラはリリアナの歌に相応しい衣装に着替え、シリウスのいる制御塔へ。

4周目 Point.9

フェルト危機一髪 『暴食』が名前を食べるための条件

　『暴食』の権能は謎が多いが、相手の『記憶』や『名前』を喰らうのに必要なのは本名である。フェルトを標的に捉えたライは、彼女の顔面を掴み、その名を呼んで食事に臨むも失敗。劇薬を口にしたように体を震わせてえずいた。その理由は、名前が本名ではなかったから。フェルト自身はロム爺からもらったその名前を本名だと告げているが、実際には生みの親が授けた別の名前がある模様。

そこには『洗魂』された千人もの街の住人が集められていた。シリウスを殺せば彼らも同時に死ぬ。プリシラはリリアナの歌に『洗魂』の解除を託し、虚空から引き抜いた陽剣でシリウスと苛烈な闘争を繰り広げる。リリアナはプリシラの陽剣の白い炎に包まれた制御塔を駆け上がり、全霊を込めて『朝焼けを追い越す空』を歌う。リリアナの『伝心の加護』が覚醒し、その歌声が心に響いたことで『洗魂』が解け、街の人々が正気を取り戻した。己の邪魔をされ激昂し、一つになることこそが愛だと叫ぶシリウスと、違いを受け入れる寛容さこそ愛だと云うプリシラ。価値観の異なる二人の激突はプリシラが勝利を収め、シリウスは捕縛された。

VS『色欲』の大罪司教 屍兵と化した二人の英雄

カペラの討伐に向かったヴィルヘルムとガーフィー

4周目 Point.10

吟遊詩人の矜持 リリアナの意地が呼んだ奇跡

一方的な押し付けの感情による支配を共感と呼ぶシリウスに対し、リリアナは歌で本物の感動を共有させると決意。プリシラが生み出した魂を焼く白炎渦巻く制御塔の上で、焦熱に悶絶しながらも、それでも歌いたい、歌わずにいられないという魂の叫びはリリアナの『伝心の加護』を覚醒させる。その力によってプリステラ中に『歌姫』の歌声が響き渡り、人々は感情に従って涙を流した。

ルを待ち受けていたのは屍兵と化した『剣聖』テレシアと『八つ腕』のクルガンだった。ガーフィールはクルガンに圧倒されるも、戦闘の中で飛び込んだ避難所で再会したフレドからの必死の応援を背に、弱さに怯える心を克服。強く在ろうと決意し、クルガンを撃破。

ヴィルヘルムは亡き妻のテレシアと剣戟を繰り広げ、決定的な一太刀を放つも戦場に姿を見せたハインケルに動揺して深手を負う。そこにラインハルトが現れ、抜かれた『龍剣』を用いてテレシアを斬った。ヴィルヘルムは消滅寸前に正気を取り戻したテレシアと、言えずにいた愛の言葉を交わす。そして、後悔はないと断言するラインハルトと決別。自分を気遣うハインケルをも突き放したのだった。

制御塔にいなかったカペラは都市庁舎を急襲。それを読み、アナスタシアの仕掛けた罠がカペラを地下に落とした。迎え撃つのはアル。善戦するもカペラの再生能力に打つ手がないアルだったが、カペラは『福音書』に従って撤退した。

4周目 Point.11

『憤怒』シリウスの処遇、そしてラインハルトの心

プリシラに敗れたシリウスは捕虜として拘束されており、その処遇を巡って各陣営が意見を交わす。最終的にはラインハルトが王都まで護送することに。処刑すべきとの意見だったフェルトだが、護送が決まると、ラインハルトを一人にしておけないと同行する。祖母を斬り、父親に詰られ、祖父から決別されたラインハルト。スバルには、彼の心がフェルトの姿勢に救われているようにも見えた。

エピローグ

20巻215〜323P

戦いの終わり 新たな旅の始まり

　プリステラの決戦は終結、しかし被害は甚大だった。カペラに変異させられた人々は治療法が見つかるまでエミリアによって凍結されることに。『暴食』に喰われた人々も多く、ユリウスのことはスバル以外誰も覚えていない。シリウスに尋ねるも答えは無く、それらの問題を解決するため、アナスタシアは『賢者』シャウラの知識を求めてプレアデス監視塔行きを提案。そのアナスタシアも、人工精霊エキドナと入れ替わって戻れなくなっていることが判明した。プリステラで増えた新たな問題に思い悩むスバルだったが、自分たちが守った少年らの笑顔を見て、今はただ喜ぶのだった。

4周目 Point.12

母の確かな愛を知り 少年は前を向いて歩き出す

　プリステラの決戦後、街に残ったガーフィールは母・リーシア――現在はリアラ・トンプソンの家を訪ね、リアラの子どもの名がラフィールとフレドであることを知る。ガーフィールとラフィール、フレデリカとフレド。自分たち姉弟と似た響きの名前をリアラが自然に思い付いたという話を聞いたガーフィールは、母が記憶を失っても子どもたちへの愛を失っていなかったことを確信するのだった。

物語を取り巻く主な人々

キリタカ・ミューズ

水門都市プリステラの『十人会』の一人である、ミューズ商会の若き商会主。歌ではなく、リリアナ自身に惚れ込んでいて、『歌姫狂い』とも呼ばれている。

ダイナス

キリタカの護衛。傭兵団『白竜の鱗』のまとめ役で、強面だが理性的な態度をとる。実力は確かで、両手に持った小刀で戦う。

ルスベル・カラード

九歳の少年。父親はムスランで、母親のイーナは妊娠中。金髪の巻き毛が可愛い幼馴染みの少女・ティーナを守るためにシリウスの人質となった。事件解決後、ティーナと仲良く街を歩く姿が目撃されている。

リアラ・トンプソン

本名リーシア・ティンゼル。十五年前に『聖域』を出たガーフィールの母親だが、土砂災害に遭い記憶を失ってしまった。その後、自身を助けてくれたギャレクと結婚し、ラフィールとフレドの姉弟を授かった。単身で『聖域』を出た理由は、ガーフィールの父親を探して連れ戻すため。過去も現在も、子どもたちを愛する姿は変わらない。

百八十四番

本名はシルフィ。小さな村で暮らすただの娘だったが、レグルスに見初められて百八十四番目の妻になる。現在いる五十三人の妻のまとめ役のような立場にあった。

エメラダ・ルグニカ

五十年以上前のルグニカ王族の女性。美しく聡明だが性格は残忍極まりなく、計り知れない闇を抱えていた異端の子と伝えられている。

ダーツ

物を復元する魔法に特化した『復元師』。オットーから、燃えたロズワールの『叡智の書』の復元を依頼された。

エキドナ（襟ドナ）

スバルから襟ドナと呼ばれている人工精霊。魔法で自衛できない、人と契約できないなどの欠陥を持つが、気配を消すのが得意で普段はアナスタシアの襟巻きに扮している。アナスタシアとは十年以上前から未契約でも一緒にいる仲で、大切に想っている。スバルが苦手とする創造主の記憶はない。

Keyword Explanation

キーワード解説

Keyword Explanation

11 水門都市プリステラ

ルグニカ王国の五大都市の一つ。周囲を高い塀で覆った、湖の中にある円状都市。外壁に隣接する東西南北の制御塔は塔全体が水量を調整する『ミーティア』であり、水門を動かし水の流れを制御している。大きな運河が都市を中央で四つに割り、それぞれの区画は一番街～四番街と呼ばれる。

12 亜獣

『色欲』の大罪司教・カペラが作り出した、無機と有機の融合した不自然な生命体。剣や槍などの無機物を体から生やした異形であり、口がない、目がない、耳がないなどの共通点を持つ。亜獣は「獣ではありえず、道具にも足らぬ」とプリシラが命名した蔑称である。住民たちに猛威を振るった。

ガーフィール語録《ごろく》

ガーフィールが事あるごとに口にする故事やことわざを一挙公開。よく読めば、意味がわかるかも（?）。

『考えるよりガングリオン』

『右へ左へ流れるバゾマゾ』

『めくってもめくってもカルランの青い肌』

『メイメイも繁忙期ほどに』

『聞いた端から爛れるペロミオ』

『人もケゲルモもいずれ老いる』

『走りがけの斑クチバシがどす黒い』

『マリンガの島流し』

『ガムとグムの橋渡し』

『バルルモロロイに日は沈む』

『濛々たるアベンガム』

『テムテムの母屋通い』

『ククルーは粗忽者』

『ガッドギー・グアッドゼアッドの山籠もり』

『疑惑のピテロは無罪放免』
『テスラ砦の陥落』
『光れば光るほどに、
マグリッツァは遠ざかる』
『ホーシンのバナン落陽』
『はした金目当てが破滅する』
『ティレオスの薔薇騎士に
揺り籠は不要』
『バルグレンの左翼の付け根』
『パララグララの爪痕は消えない』
『レイドはいつでも真っ向勝負』
『ガフガロンの実は風で落ちない』

『疑うべきベルベは汁から違う』
『グルーゲルに二言は許さじ』
『イゾルテの選択が正史を定めた』
『ガルガンチュアに復活の兆しなし』
『ミルキスに退路なし』
『夜更かしルーディは
短足を後悔する』
『クウェインの石は
一人じゃ上がらない』
『今一歩のギルティラウ』
『恋はリングドーンの先人に倣え』
『モルグレロの十人と一人』

『イプシズは言葉足らずで滅んだ』
『ラインハルトからは逃げられない』
『ミグルド族の橋が落ちるのは毎度のこと』
『クルガンは腕をなくしても敵を仕留めた』
『剣聖レイドは龍を前に剣を抜いて笑う』
『ホーシンは口約束を死んでも守った』
『アルケル河の氾濫』
『ゲハノンの逃げ足』
『アズラ鳥の鳴き声は鍋で煮える』

『聖女の拳は大地を砕く』
『コクランの粗削り』
『メットーレの心臓は頭にある』
『メゾレイアの絶景』
『焚火に座るオレグレン』
『冬越えとアベンガムの巣立ち』

〖21～22巻〗

第六章　喪失のプレアデス監視塔編１

目指すは『賢者』の住むプレアデス監視塔

レムや大罪司教たちの被害者を救うため、スバル一行は伝説の『賢者』シャウラの叡智を授かるべく、彼が隠遁するプレアデス監視塔を目指す。だが、プレアデス監視塔が建つのは、ルグニカ王国の東の果て、『迷いの砂漠』と呼ばれるアウグリア砂丘。危険な魔獣の巣窟であり濃密な瘴気が蔓延する場所。アウグリア砂丘を攻略していくスバル一行だったが、突如プレアデス監視塔から発せられた光によって全滅。砂の洗礼の中で新たな『死』の螺旋が始まる。

〖21巻〗
2019年9月25日
定価：本体640円（税別）

〖22巻〗
2020年3月25日
定価：本体640円（税別）

Mission

1

アウグリア砂丘の突破、プレアデス監視塔への到達。

2

監視塔で立ちはだかる『試験』の攻略。

周回タイムライン

第六章 1周目

194Pへ

ロズワール邸に帰還。メィリィを
プレアデス監視塔行きの仲間にする。

ミルーラで鳥の目撃情報を得る。

鳥を追い空間の捻れを突破。

SAVE 魔獣の花魁熊の住処に入ってしまう。

花魁熊から逃げていると、塔から放たれた
白い光がスバルの頭部を直撃。全滅する。

第六章 2~3周目

196Pへ

LOAD 逃げ道を変えるが塔からの白い光で死亡。

LOAD 『インビジブル・プロヴィデンス』で
ヨーゼフをなだめ、一時離脱。

白い光を防ぎつつ進むも、
空間の歪みに呑まれてしまう。

SAVE 地下空間へ転移。はぐれた仲間を探す。

分かれ道を右へ進む。

瘴気に冒され、仲間割れの末に死亡。

第六章　4周目

197Pへ

- LOAD　分かれ道を左へ。餓馬王と遭遇。
- シャウラに助けられるが、意識を失う。
- プレアデス監視塔で目覚める。
- 『緑部屋』でレムたちの無事を確認。
- 三層『タイゲタ』の『試験』をクリア。
- 書庫でテュフォンの『死者の書』を読む。
- シャウラから『試験』のルールを聞く。
- 二層『エレクトラ』の『試験』に挑戦。
- エミリアのみ『試験』クリア。
- 一時撤退して作戦会議。
- 皆に黙って『試験』に挑戦したユリウスを迎えに行く。
- 夜、レムに会いに『緑部屋』へ。
- 塔のバルコニーでエキドナと会話。
- レイドの攻略法を考えていると、ある方法を思いつく。
- SAVE　翌朝、異世界の記憶を失っていた。

Continue　204Pへ続く

第六章 周回の書 1

1周目 21巻11〜146P

メィリィの力を借りてアウグリア砂丘へ挑む

プリステラでの大罪司教の被害者たちを救う手がかりとして、『賢者』シャウラの叡智を求めて彼が住むとされるプレアデス監視塔を目指すスバルたち。しかし塔の建つアウグリア砂丘は『迷いの砂漠』と言われており、いくら歩いても塔に辿り着けず、さらに濃密な瘴気で身も心も蝕まれていく上、獰猛な魔獣が跋扈する魔境。四百年もの間、塔に到達した者は一人もいない場所だった……。

そんな『ドキドキ賢者ツアー』に参加するメンバーはスバル、エミリア、ベア

1周目 Point.1

ラインハルトですら越えられなかったアウグリア砂丘

二年前、次々と病に倒れた王族の治療法を求め、賢人会の命を受けプレアデス監視塔を目指したラインハルト。しかしいくら向かっても塔に辿り着けず、ラインハルトはその原因を何らかの結界の影響だと推察した。前人未踏の砂丘の難易度を如実に示している。

トリス、ラム、未だ眠り続けるレム、ユリウス、アナスタシア、ロズワール邸に囚われていた『魔獣使い』メィリィ。そして竜車を引くパトラッシュとヨーゼフの二頭の地竜。砂嵐の舞う『砂時間』を避けつつ、『魔操の加護』を持つメィリィが砂丘の魔獣を手懐けることで道中の安全が確保されるも、真っ直ぐ塔へ向かっているはずなのに一向に近づく気配がない。その原因を空間の捻じれと推測し、砂風の強まる『砂時間』だけは空間の捻じれが綻ぶことに気付く。スバルが砂丘近くの町・ミルーラの酒場で仕入れた鳥の情報とラムの『千里眼』を駆使し、プレアデス監視塔への道を見つけ出すことに成功。『砂時間』を越えた先で待ち受けるのは、狂暴な魔獣・花魁熊が擬態する花畑だった。どうにかメィリィが花魁熊を宥めるも、花魁熊に囲ま

1周目 Point.2
『砂時間』攻略の突破口は酒場で聞いた鳥の噂

砂丘に入る前、スバルとエミリアはミルーラという町の酒場の店主から、プレアデス監視塔を目指して飛んでいるように見える鳥の噂を耳にした。『砂時間』の攻略に手間取っていた折、ふと鳥を見かけたスバルは噂を思い出し、ラムに『千里眼』で鳥と視界を重ねるように頼む。鳥は片時も塔から目を離さずに飛んでいき、それを追いかけることで塔への道を見つけ、『砂時間』を突破したのだった。

れた緊張からヨーゼフが咆哮をあげてしまう。一斉に襲いかかる魔獣たちを振り切るため、間近のプレアデス監視塔へ突貫する最中、塔の中心から謎の白い光が放たれ、スバルの首から上が一瞬で蒸発してしまうのだった……。

2~3周目

21巻147~220P

白い閃光と漂う瘴気 かつてない死の連鎖

『死に戻り』のリスタート地点はあまりにも近く、メイリィが花魁熊を宥める時点だった。ヨーゼフを落ち着かせるのが間に合わず、道を変えるも白い光に貫かれてあえなく死亡する。

再び『死に戻り』したスバルは即座に『インビジブル・プロヴィデンス』でヨーゼフを落ち着かせ、一時撤退を提案。塔からの光への警戒を一行へ伝えた直後、白い光がスバル目掛けて飛来。エミリアたちの防御やオリジナル魔法『E・M・T』で無効化するも、空間の歪みが生じて地下へと転移してしまう。スバルが合

2~3周目 Point.1

砂丘の地下にあったスバルが触れると消える不思議な扉

地下の分かれ道を右に進んだ先にあったのは、通路を塞ぐように作られた鉄の壁。アナスタシアやラムは壁にしか見えないと言う中、スバルはこれが扉だと直感。その扉に触れると、扉は淡く光って消滅した。二枚目、三枚目と三つの扉を越えたものの、四枚目は触れても蹴っても開くことはなかった。濃厚な瘴気に当てられていたスバルたちは負の感情に呑まれ、殺し合いへと発展した。

流できたのはラムとアナスタシアとパトラッシュのみ。エミリアたちを探すため瘴気に満ちた地下空間を進行し、分かれ道では右を選択。進路を塞ぐ扉を突破しつつ進むにつれて、瘴気の重みが一行の身も心も蝕んでいく。些細な口論は瞬時にエスカレートし、殺し合いにまで発展。死にゆくラムとアナスタシアを見捨てて先へ進もうとしたが、パトラッシュに全身を噛み砕かれスバルは息絶えた。

4周目

21巻221～23巻65P

大図書館プレイアデス三つの『試験』をクリアせよ

砂丘の地下へ転移した時点へ『死に戻り』するスバル。分かれ道で左を選択し広いドーム状の空間へ出ると、魔獣・餓馬王と対峙。間一髪のところで現れた謎の美女の放つ白い光が餓馬

4周目 Point.1

泡沫の夢のような幻想空間で向けられた感情

餓馬王が倒された後、限界を迎えたスバルは意識を失い、スバルの意識は『死に戻り』の際に訪れたことのある闇の世界を揺蕩っていた。湧き上がる親愛に満たされる中、『怠惰』のペテルギウスと『強欲』のレグルスに似た『意識』の罵倒を聞く。しかし、スバルは二つの『意識』の言葉を理解する必要がないと感じ、二つの『意識』を認識から切り離した後で、彼女と対面した。

王を倒し、スバルは気を失う。二日後、目を覚ますと、分断されたエミリアたちとの合流はすでに果たされていた。そのことに安堵するのもつかの間、餓馬王からスバルを救った美女・シャウラと邂逅する。何故かスバルを「お師様」と慕う彼女は四百年間プレアデス監視塔を守っていた星番であり、本物の『賢者』は彼女にそれを命じたお師様・フリューゲルだと判明。本物の『賢者』こそいなかったものの、シャウラの口より更なる事実が明かされる。

プレアデス監視塔は仮の姿――真の姿は知りたいことを何でも探せる大図書館プレイアデス。七層のうち三層より上は『試験』会場となっており、書庫に入る権利を得るには三層『タイゲタ』の『試験』をクリアする必要があった。

三層『タイゲタ』攻略の鍵はアステリズム

さっそく『タイゲタ』に向かうと、そこは全方位が白い不思議な空間だった。その中に浮かぶ黒いモノリスに触れると、三層の『試験』が開幕する。『シャ

4周目 Point.2

傷や病を癒す精霊が主の『緑部屋』

シャウラの住処でもある第四層『アルキオネ』には『緑部屋』と呼ばれる床も天井も植物に覆われた部屋がある。この部屋の正体は、入った生き物の傷や病を癒す変わり種の精霊。ベッドや椅子も植物で生み出し、部屋に満ちた濃密なマナで体の内側から癒される。また傷の治療以外に浄化した湧き水を出すことも可能。濃い瘴気が原因で安全な水の生成が困難な塔では、貴重な水源でもある。

ウラに滅ぼされし英雄、彼の者の最も輝かしきに触れよ』という声と共に複製されたモノリスが不規則な位置へ散開した。シャウラ自身に滅ぼした英雄について聞くもまともな答えは得られず、闇雲に触れる作戦はエミリアが実践済。スバルは現代知識からある予感を抱き、ベアトリスと共に

ムラクでモノリスを俯瞰する。大小合わせて無数に散ったモノリスだが、最初のモノリスと同じ大きさが七つ。計八つのモノリスを線で結ぶと、浮かび上がったのはオリオン座の星の配置――サソリの針を意味する『シャウラ』に殺された英雄オリオンのことだったのだ。最も輝く星は二つ、そのうち『リゲル』という星の位置にあるモノリスに触れると白い空間が消え去り、天井まで埋め尽くす無数の書架が出現。異世界の知識がないと解けない問題に悪

4 周目 Point.3

『タイゲタ』の試験突破のきっかけは元の世界の星座の知識

シャウラはさそり座において毒針の位置にある星の名前。この知識から、スバルはベアトリスの魔法でモノリスを俯瞰し、八つのモノリスがオリオン座を表すことを確認。サソリに滅ぼされた英雄がオリオンだと確信する。オリオン座の右肩の『ベテルギウス』は変光星で、左足の『リゲル』は恒常的に明るい。最も輝かしき星の候補を二つに絞ると直観でリゲルを選び、試験をクリアした。

態をつきつつも、スバルは『試験』をクリアした。

『タイゲタ』の書庫には人名をタイトルにした本が無数に並んでいた。スバルはテュフォンの、ユリウスはバルロイの名が記された本に触れ、その相手の記憶を追体験する。本の正体は『死者の書』――見知った故人の過去を追体験できる書であった。膨大な量の『死者の書』の中から必要な知識を探すのは困難を極めるため、一度国へ預けたいと方針の転換を考えるも、シャウラがお師様に言いつけられた決まり事のせいで一層の『試験』をクリアしないと塔の外へ出られないことが判明し、二層『エレクトラ』の攻略へ挑む。

二層『エレクトラ』待ち受ける規格外の試験官

白い部屋の中央に刺さった選定の剣に触れると『試験』が始まる。『天剣に至りし愚者、彼の者の許しを得よ』――現れたのは『棒振り』を自称する赤髪の男。ユリウスが挑むも剣を箸でいなされた上で大敗、魔法で援護したアナスタシアも倒れてしまう。続けてエミ

4周目 Point.4

挑戦者に課せられた『試験』のルール

星番であるシャウラが言いつけられている決まり事、挑戦者に課せられた『試験』のルールは、①『試験』を終えずに去ることを禁ず。②『試験』の決まりに反することを禁ず。③書庫への不敬を禁ず。④塔そのものへの破壊行為を禁ず。アナスタシアが予想した五つ目の存在は誤魔化して秘匿していた。この条件が破られたとき、シャウラは血も涙もないキリングマシーンへと変貌する。

リアがレイドと交渉し「一歩でも動かせたら私たちの勝ち」という条件を飲ませる。男の隙を突き勝利するも、『試験』に合格したのはエミリアのみ。一度退いて作戦を練る中、『棒振り』の正体が初代『剣聖』レイド・アストレアだと判明。そしてユリウスが全員に黙って一人でレイドに挑み、再び敗北。スバルは彼らしからぬ振る舞いを叱責する。

　その晩、スバルと人工精霊エキドナが会話している場面をユリウスに目撃される。ユリウスは事情を飲み込むも、アナスタシアの一の騎士でありながら現状に気づけなかったことで更に落ち込んでしまう。ラムとレイド攻略について話したスバルはある攻略法を思いついて単独行動し――。

　翌朝、目覚めたスバルは異世界に来てからの記憶を全て失っていた。（２０８Pに続く）

4周目 Point.5
初代『剣聖』レイドに再挑戦するユリウスの矜持

『名前』を奪われ世界から存在を忘れられたユリウス。準精霊との契約も失われ、精霊騎士としての実力を十全に発揮できなくなっていた。そんなユリウスに残っていたのは、『最優』と呼ばれるまでに至った騎士の誇りと剣技のみ。それ故に『試験』で初代『剣聖』レイド・アストレアに叩きのめされても、騎士として再びレイドと戦い、自分を支える唯一の『強さ』を確かめようとしたのだった。

〖23～25巻〗

第六章 喪失のプレアデス監視塔編2

消えた『ナツキ・スバル』スバルを襲う苦難と陰謀

塔の『試験』に挑戦している最中、突如、異世界に来てからの記憶を失ってしまったスバル。温かく接してくれる仲間たちに気を許したのもつかの間、何者かに階段から突き落とされての死亡を発端とした、不信と絶望の『死』のループが始まる。潜むは『暴食』の大罪司教の企て。ループの中で自分の無力さに追い詰められていくスバル。そんな彼を誰より優しく厳しい青い髪の少女が救う。そしてスバルは皆のために立ち上がり、『死』行錯誤を重ねていく。

〖25巻〗
2020年12月25日
定価：本体700円（税別）

〖24巻〗
2020年9月25日
定価：本体640円（税別）

〖23巻〗
2020年6月25日
定価：本体640円（税別）

Mission

1

『ナツキ・スバル』を取り戻す。

2

死の螺旋から抜け出し全ての『試験』を突破する。

周回タイムライン

第六章 4周目
（記憶喪失後1周目）

208Pへ

記憶を失ったらしいと一行に告白。

書庫で記憶喪失の手がかりを探す。

螺旋階段から転落して死亡。

第六章 5~6周目
（記憶喪失後 2~3周目）

209Pへ

LOAD ラムとユリウスが
スバルを警戒していることを知る。

螺旋階段で突き落とされて死亡。

LOAD パニックに陥る中、レイドと
『嫉妬の魔女』に苦痛を味わわされる。

塔から逃げだそうとするも失敗。

戻った塔の中でシャウラたちの亡骸を発見。

黒い影から逃げるも、首を刎ねられる。

第六章 7周目
（記憶喪失後 4周目）

210Pへ

LOAD 記憶喪失を隠して、
スバルを突き落とした犯人を捜す。

気付かぬうちにメィリィを絞め殺す。

↓

メィリィの死体を隠す。

↓

メィリィの『死者の書』が発見される。

↓

『死者の書』を読み、メィリィと意識が混合。

↓

深夜、メィリィの死体を隠した場所へ。
エミリアとラムに拘束される。

↓

二人に偽物だと疑われる。
記憶喪失であることを告白。

↓

ラムの魔法で気を失う。

↓

目覚めたスバルの下にレイドが現れ、
魔獣を相手取るユリウスを強襲。

↓

ベアトリスとエキドナと合流するも、
二人が大サソリに殺されてしまう。

↓

黒い影が現れ呑まれそうになるが、
エミリアに助けられる。

↓

エミリアたちを救うため
『ナツキ・スバル』を取り戻すと決意する。

↓

エミリアと共に影に呑まれ、死亡。

第六章　8周目

(記憶喪失後5周目)

213Pへ

LOAD　螺旋階段から突き落とした犯人は
メィリィだと突き止める。

↓

ユリウスにレイドの『試験』を託す。

レイドの『死者の書』を読み、
『記憶の回廊』で『暴食』のルイと出会う。

レムの叱咤激励でルイの甘言をはねのけ、
『強欲』の魔女因子の権能が覚醒。

SAVE 『記憶の回廊』から戻る。魔獣が塔に殺到。

ライと戦うエミリアの下へ。

レイドが徘徊し、大サソリまで出現する。

影に呑まれて死亡。

第六章 9周目 (記憶喪失後6周目)

215Pへ

LOAD エミリアたちが協力してライを倒す。

大サソリの正体がシャウラだと知る。

レイドがロイを乗っ取ったと判明。

影を斬るレイドの剣閃で死亡。

第六章 10～25周目 (記憶喪失後7~22周目)

215Pへ

LOAD シャウラから『試験』の五つ目のルールを
聞き出し、バルコニーから飛び降りる。

LOAD 攻略法を探し、十五回の死を積み重ねる。

第六章 26周目

216Pへ

LOAD 『菜月・昴』の『死者の書』を読む。

↓

『ナツキ・スバル』と一つになる。

↓

現実に戻り仲間たちと合流。作戦を話す。

↓

『コル・レオニス』がさらに覚醒。

↓

スバルはメィリィとベアトリスを伴い、
魔獣の大群、大サソリのシャウラと戦う。

▶ユリウス

レイドの消滅を見届け、アナスタシアと新たに主従関係となる。

▶ラム

レムの協力を得て、ライに勝利する。

▶エミリア

一層『マイア』で『神龍』ボルカニカの『試験』を受け、クリアする。

↓

シャウラが塵となるのを見届ける。

↓

莫大な黒い影に呑まれ、
レム、ルイと共に転移する。

↓

見知らぬ地で、レムが目覚める。

↓

True End 第七章へ

第六章 周回の書2

4(1)周目

21巻221～23巻65P

突然の記憶喪失 そして新たなループへ

記憶喪失になったスバル。アナスタシアの身体の主導権を握っていることを明かす人工精霊エキドナ。一同は驚愕の事実をひとまず受け止め、スバルが記憶を失った原因を探ることに。倒れていたという『タイゲタ』の書庫を調べるも、収穫はゼロ。その後単独行動をとったスバルは特殊能力を持たないこと、周囲の人々との絆に縋る他ないこと、記憶喪失の原因が『試験』である可能性を認識。皆の所へ戻ろうとしたが、螺旋階段で突如落下してしまい——。

4周目 Point.1

スバルから失われたレムの記憶。ラムは大きく傷つく

スバルが記憶を失ったことで特にショックが大きかったのはラム。自分自身でさえ覚えていない双子の妹、レムを覚えているのはこの世界でスバルただ一人だけ。スバルが芝居を打っているのだろうと必死に詰め寄るが、スバルの記憶喪失は本物だった。

5~6（2~3）周目

23巻65～152P

スバルに繰り返し訪れる謎の『死』

目覚めたスバルを待っていたのは、記憶を失ってすぐに出会ったエミリアとベアトリスだった。先ほどの落下を予知夢だと考えたスバルは改めて記憶喪失を説明する。予知夢をなぞり書庫の調査まで終えるも、ラムやユリウスがスバルに不信感を抱いていることを知り、ショックで立ち去った螺旋階段で何者かに突き落とされてしまう。――再び記憶喪失時点で目覚めたスバルはパニックのまま逃げ惑い、辿り着いた二層でレイドに階段から突き落とされ、更に『嫉妬の魔女』に「――愛してる」と囁かれながら心臓を愛撫され、激痛に苦しめられる。予知夢ではなく『死に戻り』していたと気づき、絶望したスバルは塔からの脱出を試みる。魔獣の妨害で地上は無理、地下は『扉』に塞がれていた。スバルを二度殺した容疑者を殺せば安寧を得

5~6周目 Point.1
異世界で得た能力それは決して予知夢ではなく――

記憶を失ったスバルは当初、自身が異世界召喚された際に特殊能力を得たのではないかと変身ポーズや「ステータスオープン」といったお約束を試すも手応えがなく、自身に能力はないと思い込んでいた。そして一度目の『死』を呑み込めず、予知夢を見ていたのだと勘違いしてしまう。二度目の死、三度目のループでの激痛を経て、死して時間を巻き戻す『死に戻り』だと認識した。

られると考え塔へ戻るも、見つかるのは仲間たちの無惨な死体。混迷の中、出現した黒い影から逃走し――何者かに首を刎ねられた。

7(4)周目

23巻152～323P

不信感を募らせ自身を殺した容疑者捜しへ

影から命がけでスバルを助けようとしたパトラッシュ以外への信頼を失い、スバルは記憶喪失を隠し『ナツキ・スバル』を演じながら容疑者を捜す。メィリィとの会話中、意識の空白が生じる。気を取り戻したスバルはメィリィを絞め殺しており、自分の腕に『ナツキ・スバル参上』という不可解な傷が刻まれていた。メィリィの遺体を隠したスバルの下へ、書庫でベアトリスがメィリィの『死者の書』を発見したとの報せが届く。シャウラの提案で書

7周目 Point.1

記憶にない殺人
記憶にない文字列
断絶の原因は……

記憶にはないが、メィリィをその手で殺してしまったスバル。氷の檻からの脱出と部屋中に刻まれた不可解な『ナツキ・スバル参上』の文字。記憶を失ったスバルの身に時折訪れる意識の欠落が状況を有利にすることはなく、スバルの混乱を加速させていく。スバルは意識が失われている間は『ナツキ・スバル』が体を動かしているのではないかと推測するが、果たして……。

を読んだスバルは、メィリィの生い立ち、エルザへの執着、スバルに殺された事実を追体験する。記憶に深く入り込みすぎてメィリィの人格と混ざり合ってしまい、頭の中でメィリィの幻聴が響き続けるスバル。彼女の最期を見ていないと嘘をついてしまいエミリアたちの捜索が始まるも、メィリィの死体は一向に見つからなかった。

混迷のプレアデス監視塔
破綻する仲間との絆

その夜、スバルはメィリィの死体を隠した部屋に行くが、死体は消えていた。その現場にラムとエミリアが現れ、エミリアが作った氷の檻に閉じ込められてしまう。ラムに『ナツキ・スバル』の偽物だと疑われ、誤解を解くためにスバルは今更のように自分は記憶喪失だと訴える。エミリアは信じようとしてくれるも、ラムを激怒させ魔法で吹き飛ばされて気を失う。目を覚ますとスバルは檻の外にいて、部屋は無人となっていた。肩の関節を外して檻から抜け出したようだがその間の記憶がまた欠落

7周目 Point.2

エミリアが『ナツキ・スバル』でないと見抜いた理由

スバルがこれまでの『ナツキ・スバル』ではないと見抜き、ラムと協力してスバルを捕らえたエミリア。見抜いた理由はスバルが自分のことを「エミリアちゃん」と呼ぶからだった。いつもの『ナツキ・スバル』なら「エミリアたん」と呼ぶはずだが、そのことを記憶を失ったスバルが知る由もない。たとえ名前や関係性を把握していても、記憶喪失を誤魔化しきることはできなかった。

し、部屋中の壁には『ナツキ・スバル参上』と刻まれていた。壁の文字に戦慄するスバルの前に、レイドが現れる。二層の外にいるレイドに困惑するのもつかの間、塔に大量の魔獣がなだれ込んできていた。五層で魔獣を食い止めていたユリウスへ戦いを仕掛けるレイド。ユリウスにアナスタシアの身を頼まれたスバルはベアトリスとエキドナと合流。しかし突然現れた大サソリに襲われ、ベアトリスはスバルを庇って死亡。エキドナの介錯もできず、その死を見送った。絶望に陥るスバルは漆黒の魔手に襲われるが、エミリアに救出される。今のナツキ・スバルは周囲の人々の言う『ナツキ・スバル』にはなれない――無力感に苦しむスバルを、肯定してくれるエミリア。漆黒の影に呑まれながら、彼女たちのために再びの異世界生活へ臨む覚悟

7周目 Point.3

疑い続けたスバル 託して、信じて、赦して、願う仲間たち

自身を殺害した者が一行の中にいると不信感を募らせたスバル。しかし記憶喪失という発言を信じたいと願ったエミリア。記憶を失ったスバルを信じるベアトリス。アナスタシアを頼むとユリウスに託され、死にかけのエキドナへの介錯を躊躇うと「疑って悪かった」と赦しを得る。彼女らの信頼や期待は『ナツキ・スバル』が獲得したもの――それでも応えるために、全てを費やす覚悟を決めた。

を決める。

8(5)周目
24巻11〜228P

青い髪の少女の言葉にスバルは奮い立つ

五度目の目覚めを果たすと、スバルは早々に記憶喪失になったことを仲間たちへ伝える。螺旋階段で単独行動を取り、以前のループでも突き落とした犯人——メィリィを誘い出すことに成功、凶行を阻止する。昨晩に書庫でエルザの『死者の書』を探す姿をスバルに目撃され、口封じのために殺害を試みていたのだ。スバルはエミリアたちの協力を得てメィリィを説得、改めて仲間に迎え入れた。そしてレイド攻略のため、書庫でレイドの『死者の書』を探すことを提案。発見したレイドの『死者の書』を読んだスバルは、レイドの過去ではなく『記憶の回廊』に立っていた。そこにいたのは魔女教大罪司教『暴食』担当のルイ・アルネブ。彼女こそスバルの記憶を奪った張本人だった。首を絞め記憶を返せと迫る

8周目 Point.1

メィリィの過去と彼女を躾けた『母』恐怖による支配

魔獣を操る『魔操の加護』を持つせいで親から捨てられ、魔獣と共に生きてきたメィリィ。そんな彼女を拾ったのが『腸狩り』エルザであり、彼女に指示を出したのが『ママ』と呼ばれる人物だった。『ママ』の躾は恐ろしく、メィリィは幾度も肉体を獣や虫、無数の蛙など別の存在に作り替えられる。自分を喪失する恐怖を味わったメィリィは『ママ』に服従せざるを得なかった。

が少女の姿をしたルイを脅迫しきれないスバル。ルイは『ナツキ・スバル』の記憶を取り戻せば今のスバルが消える可能性を示唆し、短くも仲間たちと生きた自分の消滅に恐怖する。そのとき、青い髪の少女が現れ「――立ちなさい!!」と怒鳴りつける。心を揺さぶられたスバルは立ち上がり、

臆病な『強欲』が体内の魔女因子を開花させる。記憶を失ってもスバルはスバル。迷いを捨て、ルイの誘惑を振り切り現実に帰還する――その直前にルイからライとロイが塔へ向かっている旨が伝えられる。現実に戻ったスバルは迫る魔獣の大群の報告を受け、それが『暴食』の大罪司教の仕業であると推察。魔獣のスタンピード、『名前』を喰われるエミリア、レイドやライとの混戦、大サソリの強襲――混迷を極める中、漆黒の影に呑まれた。

8周目 Point.2

誰よりも優しくそして『強欲』な願いが生んだ権能

『記憶の回廊』でレムの怒号に励まされたスバル。「何一つ取りこぼしたくない、今の自分自身も手放したくない」という強い想いを自覚する。そんなスバルの『強欲』さに呼応し、プリステラで倒したレグルスから受け継いだ『強欲』の魔女因子が覚醒。離れた場所にいる仲間の位置や様子がわかる権能『コル・レオニス』が目覚める。この力は塔の激闘を越えるための強力な武器となった。

9(6)周目
24巻228〜297P

障害を越えるため繰り返す『死に戻り』

『記憶の回廊』から戻った直後に『死に戻り』するスバル。五つの障害への同時対処が迫られる。魔獣の大群をメィリィとシャウラに任せ、塔に侵入したライをエミリアたちと協力して打倒。スバルは仲間の位置を把握する力を会得していくが、その力で大サソリの正体がシャウラと判明。大サソリを振り切り、レイドを喰ったロイと対峙するユリウスと合流するも、膨大な量の漆黒の影が塔を呑み込む。そして、レイドの斬撃に引き裂かれ——。

10〜25(7〜22)周目
24巻298〜25巻38P

シャウラの秘密とスバルの新たな決意

前のループで大サソリがシャウラだと見抜いたスバルは、彼女との対話の末に『試験』の五つ目のルールを聞き出す。四百年待

9周目 Point.1
『剣聖』レイドが塔内を闊歩している理由

スバルにとって五つの障害の一つとなるレイド。彼が自由に歩き回れるようになったのは、二層に入り込んだロイが彼を喰らったためである。本来ならロイの力の一部となるはずだが、レイドの精神が強力すぎたため、体と魂の主導権を奪われてしまったのだ。事実上現世に生き返ったレイドは『試験』のルールから外れた。大罪司教にも支配できない強大な自我はまさしく初代『剣聖』である。

ち、たった四日しか過ごしていない時間を嘆くシャウラ。しかしそのとき、何者かがルールを破り、星番としての役割を果たすべく大サソリへ変化し始めてしまう。自我を失う前に死ねと命じるよう懇願するシャウラだったが、スバルは彼女も救うべき仲間だと確信して塔から身を投げた。

——そして塔を攻略するための『死』行錯誤が始まる。レイドとロイの合一の阻止。ライとの早期決戦。魔獣の誘導。『死』のカウントを重ねながら様々な方法を試し、情報をかき集める。しかし状況は好転せず、十五回の死はスバルの精神をすり減らしていった。

26周目

25巻39～378P

摩耗しきった末に見つけた一冊の本

精神がすり減ったスバルを見かね、書庫で休むよう優しく伝えるベアトリス。スバルが無力感に苛まれながら『コル・レオニス』で仲間の位置を把握しようとすると、誰もいないはずの

10～25周目 Point.1

塔攻略の鍵となる五つ目のルールとシャウラの想い

シャウラが隠していた五つ目のルールは「『試験』の破壊を禁ぜず」。『試験』を壊してもいいと示すこのルールこそが『試験』をクリアする鍵となる。それを知れば、シャウラが四百年待ち続けたお師様——スバルが『試験』を攻略して塔を去ってしまう。わずか数日でお師様と過ごす時間を終わらせたくないと願ったシャウラは、ルールは四つだと偽り続けていたのだった。

書庫に仲間の反応を感知する。その微かな反応の先にあったのは『菜月・昴』の『死者の書』。彼の辿った過去を読み始める。

『ナツキ・スバル』になるために――

一冊に一度の死が記された『菜月・昴』の『死者の書』を何冊も読み、彼の異世界での生き様を追体験していくスバル。『ナツキ・スバル』は無力な自分とは違う、皆から信頼される『何か』が、『ナツキ・スバル』になる『何か』があるはず。けれど読み進める過去は泥臭く、懸命な弱者の足掻き。『ナツキ・スバル』も自分と同じちっぽけな人間だと悟ったスバルは、気づけば『記憶の回廊』で『ナツキ・スバル』と対面していた。『ナツキ・スバル』がルイに記憶を喰われた周回の直前の『死者の書』まで読み、追いついたから成しえた唯一の接点。スバルは恨み言

26周目 Point.1

対処すべき塔の崩壊を招く五つの障害

スバルに襲いかかる五つの障害――①監視塔への魔獣到来、②スバルを食すため塔へ乗り込み攻撃を仕掛けてくる『暴食』ライ、③ロイとの合一により塔の中を自由気儘に歩き、攻撃を仕掛けてくるレイド、④ルール違反による巨大サソリの襲撃、⑤迫りくる莫大な黒い影。これら全ての問題に対処するため、スバルは必要な人員を、必要な配置へ動かし攻略しなければならない。

をぶつけながらも、ただの人間なのに、大好きな人々のために『死に戻り』を繰り返した『ナツキ・スバル』はすごい奴だと認める。そしてスバルは『ナツキ・スバル』にあとを託した。

統合されたスバルの記憶。二十二回の『死』の記憶がフラッシュバックし、孤軍奮闘と悪戦苦闘を認めたスバルは、ここまで追いついたナツキ・スバル――ルイ・アルネブに見たがっていたものは見られたか、と問いかける。魂だけの存在である彼女は『記憶の回廊』に現れたスバルの記憶を喰うと、本来ありえない死の記憶と『死に戻り』に執着し、『死に戻り』を手に入れるべく画策。自分の魂を二分割し、片方をスバルと同一化させ、ナツキ・スバルとして行動していたのだ。だが経験した『死に戻り』の苦痛は耐え難く、スバルを理解できないと拒

26周目 Point.2

大罪司教の権能とスバルの謎めいた関係

『暴食』の権能の力は本来、対象の『記憶』を生まれた瞬間から現在まで全て喰らうことができるが、ルイはスバルを喰った際、ここ一年強の『記憶』しか奪えず、それ以前――異世界召喚前の『記憶』には手を出せなかった。また、ペテルギウスの『見えざる手』をスバルだけが視認できた事例も存在する。大罪司教の権能の一部がスバルに対して機能しない理由には、スバル本人も疑念を抱いている。

絶。スバルはルイを救わないと断言して現実へ帰還するのだった。

ルイは分裂したもう一人との同一化を拒絶。何も知らないもう一人は『死に戻り』を独占しようとしていると誤解し、勝者のいない争いが始まって、終わった。

持てる全てを賭したプレアデス監視塔最終決戦

記憶を取り戻したスバルはこれを最後のループにすると誓い、塔に迫る五つの危機に最適な仲間を振り分ける。レイドはユリウス、ライはラム、魔獣のスタシピードと大サソリになるシャウラはスバルとベアトリス、メィリィが引き受け、一層の『試験』がエミリアへ託される。

レイドと剣を交えるユリウスは本質が『棒振り』だと指摘されるが、それでも『騎士』の見栄を張ると決意。新たに契約を結び直すと、準精霊たちは精霊へ開花。エキドナの後押しで目覚めたアナスタシアの声援を受けてユリウスの纏った極光がレイドの剣閃と激突。レイドの魂に耐えかねた肉体がついに崩壊し、元に戻

26周目 Point.3

スバルとレグルス因子が同じでも異なる権能

『強欲』の魔女因子に起因する権能『コル・レオニス』。スバルはこの権能を仲間の存在と状態を感知するための力として開花させ、さらに『小さな王』として仲間の負担を引き受ける力に成長させた。一方、プリステラで戦ったレグルスは『強欲』の権能を自分の負担を誰かに押し付けるものとして使用していた。同じ大罪を冠する魔女因子でも、発現する権能の力は所有者によって異なっている。

り気絶したロイを捕縛した。ユリウスはアナスタシアに改めて剣を捧げ、一の騎士となった。
　スバルが『コル・レオニス』によって肉体にかかる負担を引き受けることで、実力を発揮できるようになったラムはレムの敵・ライと激闘を繰り広げる。『跳躍者』や『肉食獣』、『拳王』の力を使うライとの戦いの途中で、重傷を負ったメィリィの負担をスバルが引き受け始め窮地に陥るが、双子の『共感覚』でレムと負担を分け合い、さらに鬼族の角の力を引き出すことでラムはライに完勝。その命を奪った。
　エミリアは一層で『神龍』ボルカニカと対面し、『我、ボルカニカ。古の盟約により、頂へ至る者の志を問わん』という『試験』に臨む。挑戦者を待つ中で精神の死を迎え会話の成立しないボルカニカに手を焼くが、

26周目 Point.4

ラムとレム『共感覚』で結ばれた双子と角の力

『暴食』の大罪司教ライと戦う中で、ラムはスバルの使う『コル・レオニス』から一つの可能性に思い至る。双子のレムに『共感覚』を通じて自身の負荷を担わせ、さらには折れたラムの角を握らせて触媒とすることで、レムの角に流れ込むマナをラムへ送る役割を託した。鬼神の力を取り戻したラムはライを圧倒すると共に、ロズワールがラムとレムの双子を手元に置いた理由はこのためだと推測した。

氷兵や新技『アブソリュート・ゼロ』を駆使して『試験』を突破した。

監視塔最後の延長戦
四百年なんて、明日の明日

そしてスバルたちは、『試験』をクリアしたことで役目を終えたシャウラとの延長戦を乗り越える。シャウラはスバルへ四百年色褪せなかった愛を伝えながら塵となり、星番の役目を終える。塵の中からは小さな紅蠍が現れるのだった。

エピローグ

25巻379～419P

見知らぬ地でゼロから始まる新たな物語

塔を攻略し、一時の安寧を得た一行。しかし突如ルイの実体がスバルの前に現れる。莫大な黒い影に呑まれ、緑の平原に転移させられたスバルとレムとルイ。混乱するスバルの前で、レムが目を覚まし——。

26周目 Point.5

監視塔をめぐる謎
エミリアに似たモノリスの手形

プレアデス監視塔の最上層——中央の柱の前のモノリスには六人の手形が残されていた。プレアデス監視塔の関係者のものと思われるが、そのうちの一つはエミリアの手とぴったり同じ。そこに手を置き、ボルカニカの問いに回答することで『試験』をクリアすることができた。ボルカニカが口にしたかつての国王「ファルセイル」や「サテラ」の名。監視塔には未だに謎が残されている。

物語を取り巻く主な人々

フリューゲル

『大賢人』と称され、大図書館プレイアデスを建築した人物。スバルたちが探した『賢者』は彼のことであり、その功績が弟子であるシャウラのものとして言い伝えられていた。シャウラがお師様と慕う。フリューゲルの大樹を植えた人とされている。

ドルケル

『跳躍者』の二つ名を有する。空間を跳躍する、いわば短距離ワープの使い手。

ベリ・ハイネルガ

『肉食獣』の異名を持つ太った髭面の男。ラムの風の刃すらも軽傷にとどめる防御力を誇る。

ネイジ・ロックハート

『拳王』と呼ばれた屈強な体格の荒くれ者。黒い掌で触れたものに強力な衝撃を与える。

ファルセイル・ルグニカ

ルグニカ王国の三十五代目国王。四百年

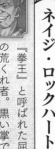

前の『魔女』の時代に『神龍』ボルカニカと盟約を結んでルグニカ王国繁栄の第一歩を刻んだ偉人。『最後の獅子王』。

小紅蠍

役目を終えたシャウラの塵から出てきた紅色の蠍の魔獣。現在は『魔操の加護』の下、メィリィと行動を共にしている。

羽土竜

鳥の羽を生やし、頭部の大部分を角と化した異形の魔獣。

砂蚯蚓

砂の中を住処とし、頭部の口で獲物を食らう魔獣。通常は大きくても成人男性の腕程だが、アウグリア砂丘の個体は巨大化していた。

花魁熊

三メートル近い巨躯の背面に花が咲き乱れ、地中に潜み花に擬態して獲物を襲う魔獣。全身を伝う花の根に精気を吸い取られており、花と獣は共存関係にない。

餓馬王

青黒い体色の半人半馬。頭部にあたる位置に角が生え、上半身は炎の鬣を背負い、胸から腹にかけて縦に裂ける口腔がある、と生命冒涜のような造形をした魔獣。炎の槍や火球を操り戦闘する。視覚と嗅覚がなく、聴覚を頼りにしている模様。

キーワード解説

Keyword Explanation

13 瘴気

汚染されたマナのこと。ゲートから体内に取り込み続けると、心や体が汚染に呑み込まれ、身も心も蝕まれる。ときには仲間内での不和を招き、スバルたちは殺し合いまでに発展した。さらに、瘴気を体内に溜め込みすぎると、スバルのように、魔獣を引き寄せる体質になってもおかしくない。アウグリア砂丘の瘴気は世界で一番濃い。

14 『死者の書』

プレアデス監視塔の三層『タイゲタ』の書庫の蔵書。背表紙にすでに死んだ人物の名が書かれており、見知った者が本を読むと死者の過去を追体験できる。人が死ぬといつの間にか本棚にその人物の本が追加される。この世界で死んだありとあらゆる故人の本が収まっているのではないかと人工精霊エキドナは推測した。

15 スバルとベアトリスのオリジナル魔法

一年間で編み出した三つのオリジナル術式。明かされているのは二つ。

【E・M・M】――不可視の魔法フィールドで体を覆い、世界から存在を半歩だけずらすことで、干渉を無効化する完全防御術式。

【E・M・T】――展開したフィールド内のあらゆる魔法を打ち消すアンチ魔法。マナを帯びて放たれたものであれば全て打ち消せる。

最後の一つは未完成である。失敗した場合、スバルたちが虚数空間を漂う可能性があるようだ。

16 『記憶の回廊』

オド・ラグナの揺り籠。全ての魂が行き着く白い終着点。魂から記憶や経験を削ぎ落とし再利用するための場所、世界を壊されないための仕組みだとルイは語った。現実世界から隔絶されているため、スバルがルイに『死に戻り』のことを話しても『嫉妬の魔女』のペナルティがなかった。魂だけの存在であるルイは生まれてから『記憶の回廊』でのみ存在を許されていた。この場所の支配者は『大賢人』フリューゲルが最有力とされているが、憶測の域を出ない。

徹底ガイド

プレアデス監視塔

Asterope
Maia
Pleione
Alcyone
Atlas
Merope
El

真名『大図書館プレイアデス』

アウグリア砂丘の果てにある、雲を突き破るほどの高き塔。『嫉妬の魔女』が封印されている祠を見張る監視塔――というのは仮の姿。真の役割は知りたい知識を得られる書庫『大図書館プレイアデス』である。

各階層の名前は星の逸話が由来!?

塔の各階層の名前は、プレイアデスの七姉妹が由来になっている。一層『マイア』、二層『エレクトラ』、三層『タイゲタ』、居住区の四層『アルキオネ』、出入り口がある五層『ケラエノ』、六層『アステローペ』、未だ謎に包まれているゼロ層『メローペ』からなる。三層より上に行くには『試験』を受ける必要があり、三層の『試験』をクリアするとタイゲタの書庫が開放される。

挑戦者に課す三つの試験

試験1
シャウラに滅ぼされし英雄、彼の者の最も輝かしきに触れよ

黒い板切れ——モノリスに触れると『試験』開始。増えたモノリスの内、八つがシャウラ＝サソリに刺され死んだオリオンの星座を表し、恒常的に明るい星『リゲル』のモノリスに触れるとクリア。

試験2
天剣に至りし愚者、彼の者の許しを得よ

二層は試験官のレイドを打ち負かすことができればクリア。武力以外の方法も可能で、レイドと交渉して異なる勝利条件を設定し、それを満たすことでも突破できる。

試験3
古の盟約により、頂へ至る者の志を問わん

一層『マイア』にいる『神龍』ボルカニカの問いに、自らの志——何をしたいのか、何を望むのか、何をするためにここにきたのか、を答えればクリア。

魔法一覧

作中に登場した魔法を紹介。

火属性

熱量に関係するマナ属性。

▼**ゴーア**……火属性の攻撃魔法。炎弾や放射状の炎を発する。

▼**こきゅーとす**……エミリアが使用。雪の檻で大兎を封じ込めた大規模魔法。スバルが命名。

▼**アイスブランド・アーツ**……エミリアが使用。膨大なマナを利用し、壊れること前提の氷の武器を高速錬成する。

▼**アイスブランド・アーツ、アイシクルライン**……エミリアが使用。限定範囲内に自身の魔力と通じるマナを展開した一種の結界。結界内では無数の氷の武器が形成され続ける。

▼**氷兵**……エミリアが使用。自律行動する氷の兵隊を作り出す。スバルによく似ている。

▼**アブソリュート・ゼロ**……エミリアが使用。自身のマナを外界に留めることでゲートを無視した絶対零度の極大魔法を放つ。

▼**レンタル・ゴーア**……スバルが使用。ユリウスから借り受けた『赤』の準精霊イアの力を借りて放った火花。

水属性

生命と癒やしを司るマナ属性。

▼**ヒューマ**……水属性の攻撃魔法。氷刃や氷の矢を精製して放つ。

風属性

生き物の体の外に働きかけるマナ属性。

▼**フーラ**……風属性の攻撃魔法。風の刃や突風を発生させる。

地属性

生き物の体の内側に働きかけるマナ属性。

▼**ドーナ**……地属性の攻撃魔法。飛礫の生成や地面の隆起を行う。

陰属性

主に肉体へ弱体化の働きかけをするマナ属性。

▼**ミーニャ**……陰属性の攻撃魔法。時の静止したマ

ナの矢を放つ。
▼**シャマク**……空間に作用する。『シャマク』は無理解の靄で対象の意識を世界と切り離す。最大の『アル・シャマク』は対象を別次元へ吹き飛ばす。
▼**ムラク**……重力の影響を軽減させる。
▼**ヴィーダ**……重量の影響を増大させる、ムラクと対をなす魔法。
▼**扉渡り**……ベアトリスが使用。空間をねじ曲げることで『禁書庫』と任意の扉を繋げることができる。
▼**E・M・M**……スバルとベアトリスのオリジナル術式。不可視の魔法フィールドで体を覆い世界から存在を半歩ずらすことで、術師の肉体への干渉を無効化する防御術式。
▼**E・M・T**……スバルとベアトリスのオリジナル術式。フィールド内ではあらゆる魔法が効果を失う絶対無効化魔法。

陽属性

主に肉体へ活性化の働きかけをするマナ属性。

▼**ジワルド**……陽属性の攻撃魔法。射線上のものを焼き切る熱線を放つ。

その他

複数の属性を使うものや、独自に生み出した魔法。

▼**ネクト**……ユリウスが使用。陰と陽を掛け合わせた高等魔法。範囲内の人間同士のゲートを繋ぎ、意思疎通を可能とする。
▼**ゴーラ**……ユリウスが使用。火と風を掛け合わせた合成魔法。渦巻く風に火炎を飲み込ませ、炎の竜巻を生じさせる。
▼**クラリスタ**……ユリウスが使用。六属性の力を束ねた虹の極光を騎士剣に纏わせる。
▼**クラウゼリア**……ユリウスが使用。こちらは六属性を束ねた虹の極光を放射する極大魔法。
▼**クランヴェル**……ユリウスが使用。六属性を束ねた虹の極光を己に纏い、極光そのものとなって相手を討つ究極の一撃。
▼**治癒魔法**……傷を癒やす魔法。対象の再生力を活性化させ、自然な治癒能力を底上げするのが治癒魔法の基本原理。
▼**復元魔法**……物の復元に特化した魔法であり、使い手は『復元師』と呼ばれ、重宝される。

リゼロ用語辞典

Re: Life in a different world from zero Glossary

あ行

▼荒れ地のホーシン［あれちのほーしん］

四百年前、小国が覇を競い合う世界の西部にて旗を立て、小国の大半を傘下に加えてカララギ都市国家を成した伝説の人物。商売と立身出世の神様のような存在であり、世界にその名を知らぬ者はいない。

か行

▼カララギ式［かららぎしき］

カララギに根付く文化の総称。日本家屋によく似たワフー建築、ゾーリ、着物、敷き布団など日本の文化と限りなく類似する。ホーシンの影響で発展したとされている。

▼監獄塔［かんごくとう］

王都ルグニカの上層、王城に隣接する尖塔。犯罪者の中でも重犯罪者が収監されている。

▼輝石の首飾り［きせきのくびかざり］

フレデリカとガーフィールが母親から貰った首飾り。リューズ・メイエルを封じた魔水晶から削り出した。『強欲の使徒』の資格を持つ者は輝石に念じると複製体へ指示を出すことが可能。

▼賢人会［けんじんかい］

ルグニカ王国の王の補佐として、国の運営を担う意思決定機関。王が不在となった今は代わりに国家の運営を行っている。

さ行

▼三大魔獣［さんだいまじゅう］

『暴食の魔女』ダフネが生み出した、災害に匹敵する三体の魔獣。消滅の霧を撒き空を飛ぶ『霧の魔獣』・白鯨。飢餓感のみを本能に残した群体魔獣・

大兎。病魔を振りまく病巣の魔獣・黒蛇。

▼シャトランジ盤［しゃとらんじばん］
盤上に兵に見立てた駒を並べ、互いの戦術を競う盤上遊戯。チェスや将棋に近い。

▼叙勲式［じょくんしき］
白鯨と大罪司教を討伐した論功式に先立ち、ミロード家にてスバルへの騎士叙勲が行われた式典。スバルは念願だったエミリアの一の騎士となる。

▼新ロズワール邸［しんろずわーるてい］
焼け落ちた旧ロズワール邸に代わり、新たにエミリア陣営の本拠となった屋敷。元々新旧の屋敷は本邸と別邸の関係にあり、本邸にあたるのはこちら。以前の屋敷より豪華で敷地も広い。

▼水竜［すいりゅう］
青い体表に短い手足を備え、鋭い牙と鯰のような髭が特徴の竜種。気難しいことで有名であり、卵から育てて成体になるとようやく主人として認められる。

▼スーウェン家流暴漢撃退術［すーうぇんけりゅうぼうかんげきたいじゅつ］
商人であるオットーの実家に伝わるとされる、旅の最中に暴漢に襲われた際の対策の武術。ガーフィールには通用しないことが証明されており、スバルは自身のレベルアップの際にも習得を渋った。

▼選定の剣［せんていのつるぎ］
プレアデス監視塔の二層『エレクトラ』の『試験』会場である白い空間に突き立っていた剣。スバルが仮に呼称した。剣を引き抜くと『試験』開始になり、初代『剣聖』レイドが現れる。

た行

▼対話鏡［たいわきょう］
対になっている鏡の持ち主と、遠隔でも会話ができるミーティア。出土数が多く、比較的入手し易い。コストはかかるが複製法も見つかっている。

▼ダレパンダ［だれぱんだ］
『暑さでダレたパンダ』をモチーフにしたスバルお手製のぬいぐるみ。不機嫌だったメィリィもその可愛さに機嫌を直し、大熊猫と名付けた。

▼地竜［ちりゅう］
とても賢く穏やかな竜種。種族に共通して、必ず

『風除けの加護』を授かっている。どんな地形にも対応し最良とされるダイアナ種、砂風や乾いた環境に適応したガイラス種など様々な種類が確認されている。

な行

▼眠り姫［ねむりひめ］

身体に異常が無いにもかかわらず、眠ったまま目覚めなくなる病気。眠っている間は歳を取らず、食事も必要としない。ルグニカ王国でも症例は少なく、治療法は確立されていない。『暴食』の被害に遭ったレムは『眠り姫』と酷似した状態に陥る。

は行

▼秘密特訓施設［ひみつとっくんしせつ］

新ロズワール邸から徒歩十分の森を切り開いて作ったアスレチックゾーン。木材で作られた様々なアトラクションがあり、スバルやガーフィールが鍛錬場として利用しているほか、近所の子どもたちも遊び場として楽しんでいる。

▼飛竜［ひりゅう］

翼を持ち空を飛ぶことのできる竜種。凶暴で決して人に懐かない気位の高い種族。ヴォラキア帝国は『飛竜繰り』という技術で飛竜を手懐ける。

▼粉塵爆発［ふんじんばくはつ］

科学の真髄。火と小麦粉が少々あればできちゃう優れモノ。化け物一匹吹っ飛ばしてもお釣りがくる――とはスバルの言。残念ながら不発に終わった。

▼ベア子成長記録［べあこせいちょうきろく］

スバルがベアトリスとの思い出を日々綴った記録。彼女と契約して一年の時点ですでに五冊目に突入。共に過ごす中でベアトリスへの親愛は日々更新されている。また、スバルの会得した、すぐあちこちに絡まるベアトリスの髪の毛を外す技術は国内随一――『ベアトリマー』の域である。

ま行

▼魔女因子［まじょいんし］

魔女や大罪司教が有する因子のこと（正確には因子を有する者が『魔女』あるいは『大罪司教』と呼

ばれる）。自ら因子を取り込む、因子が適格者を選ぶ等ケースは様々だが、所有者には魔女因子を由来とした権能が発現する。また同じ大罪を冠する因子であっても、権能の効果は個々で異なる。

▼魔女教災害対策本部〔まじょきょうさいがいたいさくほんぶ〕

水門都市プリステラを魔女教から奪還するため、ミューズ商会に臨時で設けられた。

▼マナ〔まな〕

大気中に満ちる魔力のこと。ゲートを通じて外からマナを取り入れ、中に貯めたマナをゲートを通して魔法として行使するのが魔法使いである。生き物が体の内で蓄えている魔力はオドという。

▼水の羽衣亭〔みずのはごろもてい〕

水門都市プリステラにあるワフー建築の旅館。ティグラシー大河の近くであることを活かした刺身や日本の和食のような料理を名物料理と謳い、広く大きな温泉や日本風庭園なども楽しめる。

や行

▼ユージン〔ゆーじん〕

困っているなら手助けして当然の相手。どれだけ荒唐無稽な絶望の淵にいても、全てを説明し、最後に『信じろ』と言えば力を貸してくれる存在。

▼『幼女使い』〔ようじょつかい〕

「曰く、ハーフエルフの一の騎士は、常に傍らに幼女を連れた謎の人物」という噂を由来としたスバルの渾名。『親竜報文』の記者・ショーティが命名。

ら行

▼龍の血〔りゅうのち〕

ルグニカ王家に神龍が授けた、三つの至宝の一つ。大地に豊穣を齎し病を癒やす伝説があるが、カペラの龍の血を浴びたクルシュは血の呪いに蝕まれた。

▼『六枚舌』〔ろくまいじた〕

貴族令嬢を六人同時に慰めて回った詐欺師・オルフェの異名。ボルドーは目端の利く彼を評価し、彼のような能力を活かす集団の組織を検討していた。

第七章へと繋がる物語

「帝国民は精強たれ」――スバルとレムが転移した神聖ヴォラキア帝国。ここでは血と闘争の国が登場したエピソードを徹底特集。

【Re：ゼロから始める異世界生活Ex4 最優紀行】

2019年12月25日発売
定価：本体620円（税別）

【Re：ゼロから始める異世界生活Ex5 緋色姫譚】

2021年9月25日発売
定価：本体660円（税別）

Re：ゼロから始める異世界生活Ex4 最優紀行

Title

流血の帝国外交／剣聖と雷光の銀華乱舞

王家の断絶という事態の最中、ルグニカ王国とヴォラキア帝国の不可侵条約を締結すべく、外交使節団に加わったユリウス、フェリス、ラインハルト。帝国の皇帝ヴィンセントとの謁見を果たした後、ラインハルトのみが呼び出された先で『九神将』バルロイ・テメグリフ殺害事件が発生。ヴィンセントの示唆に従い彼を連れて王宮を離脱した三人は、将を殺害し皇帝を拘束した容疑者として、追っ手として差し向けられた『九神将』たちとの交戦を余儀なくされる。『呪具師』グルービー、『鋼人』モグロ、『青き雷光』セシルスと剣を交える中、一連の事件の目的は戦争誘発にあり、その隙に玉座を狙う者による反乱ではないかと推測。その時、黒幕と通じ死を偽装していたバルロイの急襲により、ヴィンセントが右腕を吹き飛ばされてしまう。ヴィンセントの智謀によりフェリスの治癒魔法を利用して隙を作り、ユリウスが立ち合いの末に勝利。その裏で、宰相ベルステッツが首謀者ホルストイ伯の首を取り事件は終幕。帝国内部の反乱へ使節団を巻き込んだことに対する便宜が図られ、両国の不可侵条約が締結された。（流血の帝国外交）

『九神将』最強の剣士、セシルスがラインハルトとの再戦を所望しルグニカ王国へ入国。ユリウスとフェリスは彼を匿いつつ思惑を探ることに。さらに『九神将』チシャも王都へ。命じられたのは帝国からの密入国者の捕縛の協力。セシルスかと思われたが、逃げ延びたホルストイ伯をセシルスが追い詰め、彼も使者の一人だったと判明した。しかしラインハルトとの再戦も彼の本懐。練兵場にて、その願いは無事に果たされた。（剣聖と雷光の銀華乱舞）

Re：ゼロから始める異世界生活Ex5
緋色姫譚

Title
紅蓮の残影

　プリシラが戯れにシュルトに話して聞かせた『選帝の儀』の物語──それはかつてヴォラキア帝国で行われた血の闘争だった。

　強者が尊ばれ、弱者が虐げられる鉄則のある帝国では皇族暗殺の企ても茶飯事である。皇族である少女、プリスカ・ベネディクトは使用人に紛れ込んでいた刺客に襲われるも、従者の少女『精霊喰らい』アラキアと共に撃退──影武者の少女は毒殺されてしまう。その騒動の後、来訪した兄・ヴィンセントと共に水晶宮へと招かれる。予期した通り、父である皇帝・ドライゼンの崩御が現実のものとなり、『選帝の儀』が幕を開けた。『選帝の儀』は皇帝の実子たちが殺し合い、最後の生き残りが次代の皇帝となる儀式である。参加できるのは実子の中でも皇帝の資格を持つ者のみ。資格の有無を判定するのは『陽剣』ヴォラキア──資格なき者が触れればその身は業火に包まれる。その事実を知りながら臆することなく『陽剣』に触れ、引き抜くことができたのは十一人。その日より、次期皇帝の座を巡る兄弟姉妹の殺し合いが始まった。次期皇帝の最有力と目されていたのはヴィンセント。異母姉のラミアはプリスカへ対ヴィンセントの同盟を持ち掛ける他、儀式を快く思わないバルトロイと密約を結ぶふりをして毒殺するなど暗躍を開始。プリスカはラミアを快く思っていなかったものの、一時的に手を組むことを承諾した。

ヴィンセント包囲網が敷かれる中、プリスカは後詰めに回るよう指示される。しかしプリスカは指示を無視して直接ヴィンセントの下へ。ヴィンセントと『陽剣』を交える中、ラミアの策略により魔石砲が放たれる。全ては二人を一括で葬るラミアの策略だったのだ――しかし砲撃はアラキアが防ぎ、ラミアの部隊はヴィンセントの懐刀・セシルスが一閃。懐柔したと思い込んでいた兄弟の部隊さえヴィンセントの手中にあり、敗走するラミアはプリスカの『陽剣』によって死亡した。『選帝の儀』の終盤。慈悲深いプリスカは冷酷なヴィンセントに勝利できないと考えたアラキアは、敬愛する彼女を救うため、ヴィンセントの策に乗って自ら毒を飲むことで、プリスカに毒抜きをさせ彼女の死を偽装。プリスカの『選帝の儀』に終幕を迎えさせた。

アラキアは主人の生存という願いが果たされたものの、今生の別れとなったことに涙する。一方、記録上死亡扱いとなったプリスカは影武者の遺体を埋葬した後、「プリシラ」と名乗り、姿を隠した。

Title

赫炎の剣狼

剣奴孤島『ギヌンハイブ』。そこは周囲を水棲の魔獣が住まう湖で囲まれており、島への出入り口は一本しかない跳ね橋のみ。剣奴同士を殺し合わせる悪趣味な興行が開かれる絶水の孤島である。そんな島でアルは十年以上も剣奴として生き延びていた。アルと同じく剣奴であるウビルクは、新皇帝即位に伴う興行と、その際に反乱を起こす可能性を示唆。アルにも乗らないかと持ち掛けるが、アルは話半分に受け流す。

一方、ジョラー・ペンダルトン中級伯に嫁いだプリスカ——プリシラ・ペンダルトンの下にはジョラーの友人である『灼熱公』セリーナ・ドラクロイ上級伯の使者が訪れていた。『飛竜繰り』であるマイルズとバルロイが手渡した書状の内容は、剣奴孤島で催される祭典への誘い。剣奴孤島に興味を持ったプリシラは、ジョラーの心配を無視して招待を受け入れる。

そうして訪れた剣奴孤島で、剣奴による一斉蜂起が幕を開けた。剣奴の解放を掲げた革命の首魁はウビルク。協力を断り、彼を止めようとしたアルの前には孤島最強の『剣奴女帝』ホーネットが立ちはだかる。

惨敗し半死の状態で湖へ逃げ延びたアルは、反乱鎮圧を命じられ派遣された少女、アラキアに命を救われる。岸で待つ『九神将』オルバルトの進入路として跳ね橋を下ろしたいアラキア。アルは彼女へ手を貸すと決め、孤島へ戻り再びホーネットと相対する。

一方、プリシラはドラクロイ上級伯を人

質に取ろうとする剣奴たちに「自らがセリーナ・ドラクロイだ」と偽り、首魁であるウビルクの下へ。革命の真の目的が剣奴の解放ではなく、新皇帝・ヴィンセントの暗殺にあると見抜く。騒動を起こせば鎮圧のため、帝国最強の『九神将』が派遣される。帝国各地で同時に反乱を起こし、守りが薄くなった好機を狙う者がいる――それがプリシラの推察だった。ウビルクの指示で別室へ移動したプリシラはバルロイやマイルズの力を借りて自由の身となり、伝声管を通して剣奴孤島全域へ、利用された身である剣奴たちも相応の姿勢を示せば死刑を免れる可能性があると告げる。革命阻止と進行に二分された剣奴たちの争いが始まり、阻止派の優勢で大勢が決した。そしてアルとアラキアは死闘の末に協力してホーネットを殺し、跳ね橋を下ろすことに成功。剣奴孤島を巡る騒動に終止符が打たれた。帝国各地で起きた反乱も『九神将』の手腕により鎮静化。ウビルクは姿をくらまし、黒幕の目的は不明のまま血生臭い日常が返ってくる。鎮圧に協力したアルは褒賞を受け取れるほどの立場だったが、剣奴孤島に戻ることを望んだ。

Title

緋色の別離

五十路目前でなお独身のジョラー・ペンダルトンに縁談が舞い込む。相手は年端もいかぬ少女、プリシラ。彼女は早々に素性を明かした――『選帝の儀』で死んだはずのプリスカだったのだ。苦しい境遇を気に留めず、自らの望むままに振る舞う炎のような生き方に魅了されるジョラー。野心に欠け、臆病者を自称するジョラーが生まれて初めて欲しいと願った存在が彼女であり、縁談を受諾した。しかし剣奴孤島の出来事でプリシラの存在に気づかれてしまい、『九神将』ゴズがペンダルトン邸を包囲。ジョラーは自ら剣を取り、命懸けでプリシラの退路と逃げる時間を確保した。逃亡したプリシラを待ち構えていたのはかつての従者アラキア。ヴィンセントの命でプリシラを追っていたが、彼女の存命が発覚すれば帝位が揺らぐため連れ戻せないと悟る。帝国に「夫人は自ら命を絶った」と虚偽の報告をしてプリシラを見逃す。次に会う時までに心を決めておけと告げられるが、アラキアはその答えを出せなかった。

関連人物紹介

第76代皇帝 ドライゼン・ヴォラキア

先代皇帝。帝国皇帝は各地の有力者から妻を娶り多数の子をなす。六十七人の子をもうけたがこれでも歴代皇帝の中では少ない方。老化に逆らえず皇帝に相応しくない体だと自覚し、帝位を退き命を落とした。

第77代皇帝 ヴィンセント・ヴォラキア

ヴォラキア帝国の現皇帝。鋭い眼光と佇まいから強烈な鬼気を発し、その存在感のみで周囲を支配する資質の持ち主。冷酷かつ苛烈な性格と、神算鬼謀を編み出す知性的な面を両立しており、帝国の建国以来例を見ない安寧の時代を迎えさせる。

宰相 ベルステツ・フォンダルフォン

武官の頂点を『九神将』とするのであれば、文官の頂点である宰相を一人で担う老人。ヴォラキアで皇帝に次ぐ地位にあたり、未だ底の知れない人物。『選定の儀』ではラミアの参謀に就いていた。

九神将

『青き雷光』
【壱】セシルス・セグムント

カララギ由来の『刀』を扱う、名実ともに帝国最強の剣士。自らをこの世界という舞台の主演役者だと謳う。自由奔放で性格には難アリだが、ラインハルトの『龍剣』が剣を抜くに相応しいと認めたほどの猛者。ヴィンセントの懐刀である。

青年期

幼少期

『精霊喰らい』
【弐】アラキア

プリスカの乳兄弟にして従者だった犬人族の少女。プリスカにとても懐いており、彼女のためなら命を捨てることさえ厭わない。現在は別離してヴィンセントの下にいるが、今でも変わらずプリスカに忠誠を捧げている。精霊を喰らい、その力を簒奪して戦う能力を持つ。露出の多い装いは自然との調和を好む微精霊を引き寄せるため。

『悪辣翁』
【参】オルバルト・ダンクルケン

長命種ではない人間にして齢九十を超える超高齢者。ノリと調子のいい好々爺然とした人物。

『白蜘蛛』
【肆】チシャ・ゴールド

ヴィンセントが帝位に就く以前より付き従う、武力に欠けるが優秀な軍師。白髪に白い肌、白の衣装と、全身が白一色のため、体から色が抜け落ちた印象を与える。

『獅子騎士』
【伍】ゴズ・ラルフォン

叩きあげの軍人であり、黄金の鎧を纏う戦士。皇帝への忠誠心は『九神将』の中でも随一。

『呪具師』
【陸】グルービー・ガムレット

全身に纏った様々な武器の扱いに卓越した、鬣犬人の若者。ヴィンセント曰く「九神将の中でも、無闇な声の大きさでは一、二を争う」。

『極彩色』
【漆】ヨルナ・ミシグレ

魔都カオスフレームを統べる狐人の女性。将でありながら幾度も謀反を起こしている。セシルスでも殺し損ねる、独特な強さの持ち主。

『鋼人』
【捌】モグロ・ハガネ

肉体を鉱物とする『鋼人』。三メートル近い巨体は見た目通りに硬く、地中の移動も可能。

『魔弾の射手』
【玖】バルロイ・テメグリフ

『飛竜繰り』の技能を会得した竜操士。愛竜の名はカリヨン。一級品の精度による狙撃魔法を得意とする。飄々として気さくな性格だが、己の信念を貫く武人としての芯を有する。

『飛竜将』
【玖】マデリン・エッシャルト

バルロイの後任。頭部に二本の黒い角が生えており、すでに滅んだとされる竜人の少女。

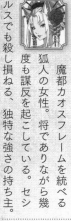

選帝の儀 参加者

プリスカ・ベネディクト

『選帝の儀』に参加した最年少の少女。幼いながらもヴォラキア皇族として優れた資質を持つ。ヴィンセントの智謀に劣り『選定の儀』は敗北したが、皇帝の証である『陽剣』は未だ彼女の手中に残されている。

ヴィンセント・アベルクス

プリスカの異母兄。『選帝の儀』において多数の兄弟から脅威とみなされた存在。ラミアの策略により包囲網を敷かれるも、思惑を凌駕する権謀術数を用いて打破。あらゆる物事を掌握し『選帝の儀』の勝者となる。

『毒姫』ラミア・ゴドウィン

十六歳ながら他者を惑わす美貌の少女。周囲に取り入り『選帝の儀』を勝ち抜こうとした。

パラディオ

念話や特定の相手の追跡を行う異能の担い手、体の一部に魔眼を宿した魔眼族。

バルトロイ・フィッツ

『選帝の儀』を辞退した兄弟の一人。自身の命と引き換えに領民の安全を約束させた。

ロンメル

プリスカの二十歳上の兄。

『剣奴女帝』ホーネット

身の丈二メートル以上の長身の女性。両腕の肘より先を失っているが、二振りの大剣を腕に嵌めて戦闘する。美術品めいた印象の美女。戦闘に快楽を覚える性格は剣奴孤島に相応しく、最強の名をほしいままにしていた。

ウビルク

『剣奴孤島』の剣奴の一人。ひょろひょろとした長身の美男子。戦闘能力は乏しいが男娼として生き延びていた。剣奴解放を謳う革命を起こした張本人だが、革命の最中に姿を消し、行方不明となっていた。

アル

鋭い目つきの三十路すぎの男。左腕こそ失ったが、剣奴として十年以上生き延びる異例の存在として、様々な人物に目を付けられている。

ガジート

曲刀使いの剣奴。剣奴解放の革命に乗るも、プリシラの言で革命阻止側へ寝返った。

『灼熱公』セリーナ・ドラクロイ

苛烈を体現しているような赤錆色の髪の女傑。顔の刀傷は家督を奪われた父親に刻まれたもの。家督争いの決着に父親を生きたまま焼

いたことから、『灼熱公』の二つ名がついた。剣奴孤島の騒動に巻き込んだことで、プリシラに借りを作っている。飛竜を従える攻撃部隊『飛竜隊』を擁する。

ジョラー・ペンダルトン

五十路目前でプリシラを妻に迎えた中級伯。戦いを嫌う、帝国民らしからぬ臆病者と自嘲していたが、プリシラの我を貫く炎のような生き方に惚れ、彼女に尽くす最期を選んだ。

マイルズ

ドラクロイ上級伯に仕える『飛竜繰り』の男性。若き頃のバルロイの尻ぬぐいに回ることが多かった。愛竜の名はガイウス。

第七章を読み解くポイント

1 「帝国民は精強たれ」

帝国民は精強たれ。それは神聖ヴォラキア帝国における鉄則である。強者が尊ばれ、弱者が虐げられる価値観はたとえ皇帝であろうと例外ではない。この考えは温暖な気候と肥沃な大地に恵まれたからこそ、強くたくましく育まれた人々の間で浸透していった。

2 帝国の最高戦力『九神将』

武の頂点に立つ九人の将軍。皇帝直属の部下であり、数字の若い順に序列が高い。文武問わぬ「強さ」で選出されるため、性格に難がある人物が多い。ルグニカ王国で彼らと渡り合えるのはラインハルトやマーコスら最高戦力のみと推測される傑物である。

突如スバルとレムを襲った転移。
降り立つは弱肉強食を謳う剣狼の国、神聖ヴォラキア帝国。
仲間と離れ離れになった見知らぬ大地で、ついにレムが目を覚ます。
しかし、レムは『記憶』を失っていた――。
それでも彼女の英雄であろうとするスバルは、
帝国全土を巻き込む巨大な内乱へ身を投じていく。
Epilogue

MF文庫 J

Re:ゼロから始める異世界生活 Re:zeropedia 2

2023 年 3 月 29 日　初版発行
2023 年 4 月 20 日　再版発行

原作	長月達平
編集	朝倉佑太（SUNPLANT）
執筆	北出高資／徳永卓司
デザイン	佐相妙子（SUNPLANT）
発行者	山下直久
発行	株式会社 KADOKAWA 〒 102-8177 東京都千代田区富士見 2-13-3 0570-002-301（ナビダイヤル）
印刷・製本	株式会社広済堂ネクスト

Printed in Japan　ISBN 978-4-04-682322-9 C0193

◇◇◇

【 ファンレター、作品のご感想をお待ちしています 】
〒102-0071 東京都千代田区富士見2-13-12
株式会社KADOKAWA　MF文庫J編集部気付「長月達平先生」係　「大塚真一郎先生」係